文
景

———————

Horizon

PAPELES FALSOS

VALERIA LUISELLI

假证件

[墨西哥]

瓦莱里娅·路易塞利 著

张伟劼 译

上海人民出版社

献给阿尔瓦罗

献给玛伊娅

目 录

约瑟夫·布罗茨基的一个半房间

I

La habitación y media de Joseph Brodsky

一个人最后能剩下来的，只是他的一部分而已，是那说出来的一部分，言语的一部分。

——约瑟夫·布罗茨基

圣米凯莱墓园

在一座墓园里找一块墓碑，犹如在人群里找寻一个陌生的面孔。这两种活动都促使我们采用同一种观察和体验方式：在一定的距离之外，每一个人都有可能是我们要找的那一个，每一块墓碑都有可能是我们要找的那一块。不管是找人还是找墓碑，我们都得在人群中和坟墓间来回穿行，耐心等待，直到发现的那一刻。必须走上前仔细研读每一块墓碑上的铭文或是每一张面孔上的神情，而这两者或许是同样的东西，布罗茨基有几句诗是这么说的：

我不喜欢人群。

我无法忍受他们的面目。

每一张脸都在生命巨树上

紧紧依附，坚定地塞满内容，

并且无法解脱。

　　要找到我们苦苦寻觅的墓碑，找到那决定性的铭文，就得细心检查那些静脉曲张一般的大理石表面；要找到那张陌生的脸庞，就得把我们对那个想象出来的容貌的期许和我们眼前那些形态各异的鼻子、下巴和额头做对比；阅读陌生人的目光就要像阅读碑文一样，直到找到那个确切的标记，找到那个等待我们的死者墓碑上的"是的，正是本人"。

伊戈尔·斯特拉文斯基 [1]（1882—1971）

"如果说空间具有无穷的性质，"约瑟夫·布罗茨基写道，"这一点并不体现在它的扩展上，而是体现在它的收缩上，这只是因为，不管看上去是多么奇怪，收缩总是比扩展更为前后一致。收缩具有更合理的结构，它所具有的名称也更多：细胞、嵌入式衣柜、坟墓。"这位诗人曾讲述说，在苏联的集体公寓里，国家规定的人均面积是9平方米。在平方米的分配方面，他和他的父母还算走运，因为在圣彼得堡，他们一家人分到了40平方米：每人13.3平方米，他父母26.6平方米，他自己13.3平方米——三个人住一个半房间。

1972年的某一天，约瑟夫·布罗茨基关上了这栋位于利特尼大街24号的住宅的大门。他再也没有回到圣彼得堡，因为他每一次探望父母的企图都要经由一位官员

1　伊戈尔·斯特拉文斯基（Igor Stravinsky，1882—1971），俄罗斯作曲家，代表作《春之祭》《火鸟》等。—译者注，下同

的裁定，而官员们总是认定，一个持有与共产党不同政见的犹太人，其入境行为是不合理不合法的。他没能出席他母亲的葬礼，也没能赶上他父亲的葬礼——访问我国"无明确目的"，窗口后面的那位先生撰写的公文总是这么说。他的父母去世时，都是在一家三口住过的同一间公寓里，坐在同一张椅子上，面对着家里唯一的那台电视机。

在那一个半房间之后，布罗茨基住过无数个房间，包括酒店客房、别人家的房间、牢房、病房。但是，一个人真正拥有的长期住所或许只有两个：童年的房子，以及坟墓。其他一切居住空间都不过是第一个住所的灰色延伸，是连续的、没有差别的墙面，最终到达墓穴或者骨灰盒——在人体可以被纳入的无穷多的空间形式中，骨灰盒是最小的。

卢基诺·维斯康蒂[1]（1906—1976）

和欧洲的许多墓园不同，圣米凯莱墓园并不是那种探访已故文化名人之旅的热门景点，所以它并没有专门的导览手册或是精确地图，更不像蒙帕纳斯公墓或拉雪兹神父公墓那样，[2]在入口处挂上一块牌子，标注园内各位已故名人的名字及其下葬处方位。在圣米凯莱有另一些知名人物——埃兹拉·庞德[3]、卢基诺·维斯康蒂、伊戈尔·斯特拉文斯基、谢尔盖·佳吉列夫[4]——他们的墓也有标识，不过是显示在一块并不显眼的字牌上，字牌对面就是他们各人安息的小片区域。如果来访者不知道外国名人是和威尼斯平民分开安葬的——仿佛在坟墓之国

1　卢基诺·维斯康蒂（Luchino Visconti，1906—1976），意大利著名电影导演。

2　这两座公墓都位于巴黎。

3　埃兹拉·庞德（Ezra Pound，1885—1972），美国诗人，逝于威尼斯，著有《诗章》。

4　谢尔盖·佳吉列夫（Sergei Diaghilev，1872—1929），俄罗斯艺术批评家，曾创建俄罗斯芭蕾舞团。

里也必须设立艺术家隔陀[1]，他就很可能在那一个个安东尼诺、马切利诺或是弗朗切斯科间徜徉数小时，徒劳地寻找《诗章》的回声或是《春之祭》的余音。

圣米凯莱是一座长方形的岛屿，由一道水路和一段城墙与威尼斯城分隔开。从飞机上往下看，这座坟墓之岛就像是一本硬皮封面的巨书：那种坚硬、沉重的词典，里面长眠着如尸骸般逐渐腐烂消解的词语。约瑟夫·布罗茨基就葬在这样一个地方，面对着那座他总是来了又去、去了又来，只想暂留片刻、匆匆而过的城市，这实在有一点讽刺意味。也许他曾经希望自己死后葬在一个远离威尼斯的地方。对于他来说，威尼斯归根到底是一个"B计划"，如果要用一个更具文学性的比喻的话，威尼斯就是他的伊萨卡[2]，其吸引力就在于永远遥不可及，永远是一个供他短暂停留和想象的地方。布罗茨基曾在

1　隔陀（ghetto），原指城市中的犹太人生活区，后泛指各种边缘群体的隔离区。
2　伊萨卡，岛屿名，是希腊神话中奥德修斯历经艰险终得重返的故地。

一次访谈中吐露说，他想死后被埋在马萨诸塞州的森林里，或者把他的尸体运回他的故土圣彼得堡也不错。不过，我想，围绕一个人的遗愿做猜想是没有意义的。如果说意愿和生命是两个不可分的东西，那么死亡和偶然也是不可分的。

谢尔盖·佳吉列夫（1872—1929）

我花了几个钟头找布罗茨基的墓，却连埃兹拉·庞德也没找到。我想放弃了。为了积蓄一点力量能走到墓园出口处，我在一处树荫坐下，点了一支烟。

在切斯特顿[1]的散文《追帽子》中，他写道，如果在乡村漫步时突遇一头牛，只有一个真正的艺术家才有本事把它画下来；而他既然没有描摹四足动物后腿的本事，

1　切斯特顿（Glbert Keith Chesterton，1874—1936），英国散文作家。

就更乐意于把牛的灵魂画下来。而我既不是艺术家也不是切斯特顿，这两样事情一样也不会。我从来不曾达到那种人的境界——我是非常羡慕他们的，他们可以沉浸在对世界的冥思式观照中，看一只鸟如何展翅飞翔，看蚂蚁们不辞辛劳来回奔波，看一只蜘蛛安静地悬浮半空，垂吊在自己吐出的黏稠细丝上。很不幸，我实在缺乏耐心，没本事在大自然的舒缓韵律中找到诗意。

可是，在墓园里，无须保持对动植物王国的特殊敏感：只消静静地坐着，坐上一支烟的工夫，任由自己被墓地间繁盛的生命所把持。在如同巨型日晷指针的柏树底下，时间得以扩展、漫溢开来。也许，正是因为静默，昆虫们如痴如狂扇动翅膀的声音才如此美妙；正是如此的安宁气氛，让有气无力爬行着的蜥蜴们心神不宁；正是这么多的死魂灵，给墓地里黑杨的病恹恹的叶子注入了活力。

有一位不知名的智者说得好："没有什么比放任自己走神更卓有成效、更有意思的事了。"就在我快要熄灭烟头时，树间响起了一阵嘈杂的鸟叫声。先是几只鸟的叫，然后是几十只，或许几百只——就好比一个人笑可以带动其他人笑一样，鸣叫在鸟群中也是具有感染性的。亨利·柏格森[1]曾指出，只有当笑的对象属于或者接近于人的范围时，才会产生笑；一只猫或者一顶帽子是不能引我们发笑的，只有当我们在其中看到人的某种表情，某种形态，或者某种态度时，我们才会笑。也许他是对的。也许，这些鸟叫声远远地听上去像老年结核病患者的哈哈大笑声，正因为这个，我才在静默中爆发出一阵大笑。不管怎么说，如果说我没有在寻找布罗茨基墓地的征途上认输，那是因为海鸥们扯着破嗓子召开的座谈会忽然给我带来了好心情。要是我遍寻不着布罗茨基，至少我可以调查一下这些鸟叫声究竟是真的鸟叫，还是临近死亡边缘的威尼斯老人发出的声音。而且，既然像切斯特顿这么肥胖、这么体面、这么聪明的人还能追着一顶帽子跑，我为什么不能追逐一座墓地或是一群鸟儿呢？

1　亨利·柏格森（Henri Bergson，1859—1941），法国哲学家、著有《笑》。

埃兹拉·庞德（1885—1972）

在这座墓园里，外国名人的墓地不仅是和威尼斯平民的墓地分隔开来的（可不要让斯特拉文斯基的妻子和一个船工紧挨在一起），在外籍安葬者当中也有分区。生前经常拜访威尼斯的俄国人葬在一边，其他人在另一边。说来奇怪也有讽刺意味的是，约瑟夫·布罗茨基并不和莫斯科或列宁格勒的文化名流安息在一起，而是在另一个区域，和他的死对头埃兹拉·庞德做了邻居。布罗茨基的墓比较特别，在那一片区的入口处，公墓管理处制作的字牌上并没有指明诗人埋葬于此，只有某位好心人用修正液写下了他的名字，写在《诗章》作者的名字和指示二位诗人墓地所在的箭头间：

福音区　埃兹拉·庞德　约瑟夫·布罗茨基　→

我猜想我至少会看到一群在布罗茨基的墓前留下护身符或是亲吻墓碑的狂热粉丝。不过，布罗茨基的名气可能还是比不上胡里奥·科塔萨尔或吉姆·莫里森，而我的嘴里还保留着之前在法国墓园里沾上的苦味。[1]

然而，福音区里一个人也没有。只有一个老太太伫立在埃兹拉·庞德的墓前，身上挎着各种超市的塑料袋，里头一个个地塞满了东西。我没有过多注视她，径直走到俄国诗人的墓前，仿佛是宣示了我的阵营：你挺庞德，我粉布罗茨基。

约瑟夫·布罗茨基（1940—1996）

布罗茨基的墓碑上刻着生卒年份：1940—1996，以及用西里尔字母写成的名字。墓碑上堆着巧克力、笔和

1　胡里奥·科塔萨尔和吉姆·莫里森分别葬于巴黎的蒙帕纳斯公墓和拉雪兹神父公墓。

鲜花。特别是有巧克力。没有像意大利的墓园里常见的那样，在墓碑表面镶一幅逝者的肖像。我本来特别期待看到约瑟夫·布罗茨基最后的面容。

在他关于威尼斯的《水印》一书中，布罗茨基写道："酒店房间里的镜子本就是毫无生气的，而且由于看过了太多的人，变得越发面目不清。它们投返给你的不是那个有名有姓的你，而是无名氏的你。"有点儿悖论意味的是，无名是缺失的一种特征：特征的缺失。一张年轻的面孔是无名的，它没有标志性的、能以之来命名的表情和痕迹。随着人的年纪渐长，它才渐渐获得了区别于其他面孔的印记。一张皱纹渐生的脸，就是一张越来越不那么无名了的脸。可是，一张面孔在年岁递增、获得更明确定义的同时，也暴露在越来越多的陌生人的目光下——如果我们接着谈论布罗茨基的形象的话，这张面孔就要暴露在越来越多的酒店房间里的镜子中，这些镜面给所有人投射的都是同一张脸，和酒店房间里的床一样地残破不堪。于是，面孔也会逐渐失去它多年来形成的定义，仿佛是因为被陌生人的眼睛看过了太多次，它倾向于回到最初的无特征状态。一张脸会在岁月中获得自己的丰富定义，丰富得过剩，最终或许会变得太有特点而吓人——成了一张鬼脸，与之同时进行并形成反差的是，这张脸也会渐渐失去自己的身份。或许正因为此，所有的婴儿和所有的老人都是彼此相似的，他们看上去不像任何哪个特定的人。面孔在它的初始和末尾阶段都是无名的。

按照这样的道理，不难明白，死去的人是没有面孔的。死人的脸应该就如埃兹拉·庞德在巴黎地铁里眯起眼睛所看到的那些面孔那样："散落在一根潮湿的黑色树枝上的花瓣。"

布罗茨基的墓碑上没有任何肖像。没有这个确定的身份标识，倒也合情合理；光滑、暗淡的灰色碑石才是更可靠的说明——它是诗人无名状态的反映，这个以酒店为家的人，住过好多个房间，看过好多面镜子，拥有

过好多张面孔。还是在墓碑前站定、努力回想某张布罗
茨基坐在布鲁克林的长凳上的照片为妙，或者回忆某一
段有他声音的录音，这声音既强健又虚弱，好像是经历
了长久的孤独状态，因为怀疑而获得了坚实的力量：

一棵树。它的影子

和土地；

钻入土里并抓牢大地的根。

交织在一起的花体字。

泥土和凝固不动的石块。

树根交错混杂在一起。

石块具有自己的材质

让自身免于生根于此的束缚。

这块石头牢牢地定在原地。

没人可以挪动它或是刨出它。

树影困人

正如渔网捕鱼。

一场经过漫长等待的与陌生人的相遇，其结果往往是令人失望的。和一个逝者的相遇也是这样，只不过在这种情况下，我们没有必要掩饰自己的失望：从这个意义上说，死人总是比活人更让人好受点。当我们最终到达他的跟前，发现事实上我们在那里什么也做不了，有意思的只是寻找他的墓地，找到了就不那么有意思了——威尼斯的石头能说些什么呢，既然它们已经在一个半世纪前把能说的都告诉了罗斯金[1]？——我们可以片刻之后扭头就走，死人也不会因此责怪我们什么。跟死者是无须摆出一副彬彬有礼的样子的，尽管宗教曾经试图给我们灌输礼仪，在弥撒仪式上和墓地里要有一套荒唐的、装饰性的举止规范。保持肃静，低头祈祷，慢步走，双手交叉垂在腹前，这些习俗对于在地底下沉睡的人来说是无关紧要的。

那个刚才在庞德的墓前伫立的老太太倒是很遵守规

1　罗斯金（John Ruskin，1819—1900），英国艺术批评家，著有《威尼斯的石头》。

范——到目前为止，我一直认为她是沉浸在冥思默想中
的。接着，在一种变得有些令人不悦的静默中，她来到
我和布罗茨基所在的树荫下，开始抓挠自己的大腿，好
像是身上生了跳蚤或是得了麻风病。抓完痒之后，她又
往我这边走近了些，在布罗茨基的墓前停下脚步。她十
分平静地开始收集诗人墓前的那些巧克力，就像是在熟
练地做家务活。拿走全部的巧克力后，她把墓前的那些
钢笔和铅笔也一股脑儿全收走了。接下来，似乎是不想
显得吃相太难看，她给布罗茨基献了一朵花，我估计这
朵花是她从庞德的墓前顺来的。

　　我猜想，看她在两座墓间如此自在地周转，她应该
是诗人们的一个老朋友，也有可能是某间膳食公寓的主
人，布罗茨基在他的几次威尼斯之旅中住过她的房子。
我说着自己那一口支离破碎的意大利语，怯生生地问
她，她是不是认识约瑟夫·布罗茨基，是不是专门来拜
访他的。"No, no，"她对我说，"sono venuta per visitare
il mio marito, Antonino. Credo che Brodsky era un poeta

famoso... ma non tanto come il bello Ezra."[1] 老太太叹了口气，又一次低下头来抓挠大腿，然后拎起塞满了墓地之旅纪念品的沉甸甸的袋子，离开了福音区，就像W.H.奥登诗中的那些鹿，布罗茨基常引用的：silently and very fast.[2]

---

1 意大利语，意思是："不是的，我是来看我的丈夫安东尼诺的。我认为布罗茨基是一个有名的诗人……不过不像优美的埃兹拉·庞德那般有名。"
2 英语，意思是"静静地，飞快地"。

水印

II

MANCHA DE AGUA

楚鲁乌斯科河

不知从什么时候开始，飞越大西洋的航班上开始流行一种新的折磨人的方式，对于一个没有耐心的人来说，没有比这更无情的酷刑了：电子屏上显现出世界某一大块区域的地图，一架白色的小飞机就在这上面缓缓挪动，每60秒前进1毫米。半小时，一小时，两小时，三小时过去了，小飞机还在这同一块蓝色的平面图上滑行，已经远离了那两条大陆海岸线。最好的办法，大概就是在飞机上打个盹，或是读点儿什么东西，然后等到世界地图又有两厘米被征服时，再抬眼看一下屏幕。可是像我们这样缺乏耐心的人就不得不一路紧盯着那架小飞机，仿佛只要给它施以足够强度的念想，就能让它再往前挪一点点。

在这里，路线是指定的，不能再划出其他的替代线路，也不能走回头路，没有比这更有悖于地图精神的发明了。地图是空间的抽象化；给地图强加一个时间维度，不管是以计时器还是以一架微缩版飞机的形式，都违背了地图的初衷。地图在本质上是静止不动的，处于时间之外的；正因为此，地图是不会给研究它的人的想象力施以任何强制的。恰恰相反，一张地图在我们面前平铺而开的空间——沉默、静穆的抽象地域——会刺激我们的想象。只有在一个静态的、无时间的平面上，思维才可以自由驰骋。

已知的事实是，我们的抽象能力要超过想象构成事物的具体细节的能力。普通人是无法把握无限之物的形象的，不能像博闻强记的富内斯[1]那样，对一个有无穷细节的事物或者不断发生变化的事物完全了然于心。可

1　指博尔赫斯短篇小说《博闻强记的富内斯》（*Funes el memorioso*）中的主人公，见博尔赫斯《虚构集》（*Ficciones*）。

是，对于大多数人来说，绘制一张图表并非难事，更不用说凭记忆画出一幢房子的草图了。我们需要抽象的平面图，需要两个维度的好心帮助，以便尽情徜徉，设定或者擦除可能的走法，规划线路，推倒重来。一张地图就好比一个玩具，是世界的某一部分的相似物，按照适合于我们手和眼的尺度制作而成。地图，这个相对于处在永恒运动中的世界而言的不变的优越存在，是以想象的规模来制作的：1 厘米 =1 公里。

翁多河

最近几年，墨西哥城的舆图馆被设在了国家气象局大楼内。人们或许会猜想，一个专门存放地图，或者至少说是给地图做分类、进行修复的地方，空间布局怎么说也该是比较规整的。事实并非如此。一旦步入馆内，就很难弄清楚自己的方位了。尽管地方很小，要清晰地认识到自己站在相对于出口的哪个位置，或是相对于某个既定中心的哪个位置，是完全不可能的。一旦走进从前用于修复工作的那个房间，那么刚才经过的那个摆放制图工具的过道就不知道在哪里了；一旦置身于存放波菲利奥时代[1]地图的小室，就根本找不到北美地图室的方位了。

就在一条条狭长的过道中，悬挂着一幅幅地图，好似长时间潮湿的床单，隐没在数个世纪的阴影里，同时又得到官僚系统经年累月的庇护。要细看这些地图，得戴上口罩和外科医生的手套。助手——他们是历史专业或地理专业的学生，一心想着早早结束自己的社会实习期——会帮助访客将这些地图小心翼翼地取下来，然后在靠近入口处的某一张大桌上将地图摊开。需要四只手才能翻动这些巨大的纸张——页面上积压着岁月的重量。

灰尘能吸引灰尘。这一现象的科学解释肯定是有的，只是我不知道而已。舆图馆里累积了墨西哥谷地的

1　指墨西哥历史上的波菲利奥·迪亚斯总统在位时期，见后文。

所有尘埃，仿佛这里才是它们的最终归宿，是它们的自然属地。如果布罗茨基说得没错——"尘埃是时间的血肉之躯"，那么墨西哥城的舆图馆就是一台巨大的冰柜，让这座城市的时间得到贮存和修复。

舆图馆的一条条过道走到尽头，就是一间间按不同地区或历史时期存放地图的小室。波菲利奥时代（1876—1910）分部自然是这些小室中秩序最为井然、分类最为完善的——实证主义[1]总算还是给我们留下了点儿东西。就在这里，馆长向我展示了两部巨书，仿佛是格列佛在大人国里看到的——起码有 1.5 米长，1 米宽，书中极为详细地记录了墨西哥—危地马拉边境线的轮廓。当馆长从两只沉甸甸的盒子里取出这两部书时，我表现出的惊异之情是和它们的巨大尺寸相对应的。这类书就存放在棺材一般的桃花心木盒子里，免于尘埃和光线的伤害。

---

1 实证主义（positivismo）是波菲利奥·迪亚斯总统倡导的治国理念，以自由和公平为代价换取秩序稳定和经济增长。

　　然而，在简略浏览之后我便发现，这两部标明了墨西哥和危地马拉分界线的巨大卷本，不幸是单调乏味的：一页接一页的空白，只在中间有一条蓝带贯穿而过，这条蓝带有时代表苏恰特河，有时又成了乌苏马辛塔河，旁边有一些附注。这些难以读懂的附注，肯定相当于墨西哥边界委员会（没有比这更好的委员会名称了）的某一个成员沿着河岸走过的步数。这巨大的空白就是那根将两国分隔开的线条的证明，1882 年的《边界条约》首次将这根线条落实在纸面上。

　　比线描图更引人注目的，是在第一卷书名页上墨西哥边界委员会众成员的照片。这些个人肖像看上去个个都像是波菲利奥·迪亚斯总统的某一个翻版，有的人鼻子更扁平一点，有的人显得更邋遢一点，但所有人都留着浓密的小胡子，神情严肃，意识到自己肩负的重大使命：确定一个国家的边界。

　　只有一张相片能展现我们可以想象到的制图学家所怀有的精神。图像中的八位墨西哥边界委员会成员，就好似《尼古拉斯·杜尔博士的解剖学课》[1]中的那八个医生，拿着制图学中的解剖器具，团团围住一张大桌，俯身研究一面地图。这张大桌和舆图馆入口处对面摆放的那几张桌子差不了多少，也挺像那种供病理学家在尸体上动刀子时使用的长桌。照片仿佛是伦勃朗那幅画作的一张翻拍：授课的医生紧靠患者，手中的手术刀赋予他无上权威；患者已经死去，处于完全被动的状态，只能听凭专家诊断的摆布；学徒们目光分散，看这看那，唯独不落在患者身上，他们似是在听讲——有人瞠目结舌，有人一脸沮丧，有人分心走神。凑在墨西哥地图周围的那帮边界委员会的制图学家便也如此；国家就如同一具平躺在桌上的尸体，等待着被诊断。

在本质上，解剖学家和制图学家做着一样的事情：在身体上稍带专横地划出疆界，而身体从本质上说是抗拒确定的边界、反对精确的定义和界定的——医生怎么

1　荷兰画家伦勃朗创作于 1632 年的著名油画作品。

能知道舌头在哪里结束、咽部实际上从何处开始呢？有两个委员会成员整个身子都趴在了桌上。其中的一个嘴角上挂着一丝笑，他成了一次伟大发现或者说专横决断的同谋：这边是墨西哥，那边是危地马拉，就这么定了。

我向馆长问起墨西哥城的规划图，他很抱歉地告诉我，这类图从来就没有过。传说中是一个叫阿隆索·加西亚·布拉沃的人直接在地面上划出了墨西哥城的轮廓。16世纪的墨西哥城地图是有的，当然有，但是没有哪一张地图为后来的历史中心四方城提供了规划先例。军阶卑微的西班牙士兵加西亚·布拉沃"在阿兹特克人的才干、经验和智慧的协助下"——正如纪念他的铭牌所称颂的那样，如今这块铭牌被埋没在拉梅塞区某个广场上流动摊贩撑起的帆布帐篷间——大约是在1522年的时候，在谷地的湿土上划了几道沟，成为新西班牙[1]伟大都城的第一位城市规划师。这并不奇怪。墨西哥城的所

1　西班牙在美洲北部的殖民地的旧称，其主体部分是今天的墨西哥。

有居民都能凭直觉知道，如果墨西哥城真的有过什么规划，那或许只是某种替代性的说法；他们也知道，今天的城市规划师们所谓的"城市规划"，不过是关于未来的怀念而已。无论如何，墨西哥城就是它自己的地图。我们，就像博尔赫斯所描述的那个帝国的后人们一样，住在"一张无边地图的废墟"[1]里。

玛格达莱娜河（布埃纳维斯塔区）

在墨西哥城落地，总是给我造成一种倒过来的晕眩的感觉。随着飞机离跑道越来越近，乘客座椅开始微微震颤，此时不信神的人也开始画十字，空姐则在那失重的通道上进行她的最后一次巡查，在这个时候，我就感觉到有一股力量把我往上推，仿佛我的身体重心挪到了

---

1 参见博尔赫斯诗集《创造者》(*El hacedor*) 中的微型小说《科学之精确》(*Del rigor en la ciencia*)。

别处，又仿佛我的身体和机场跑道是两个相同的磁极。我身上有某种东西在进行抵抗。

　　在飞机上，很少有人能意识到飞行这一物理现实的本身。在航空公司的飞机上，舷窗是小小的，在那些不能放倒的座椅上，瘫坐着肥胖的人、失眠的人、缺乏关爱的孩童、歇斯底里的女人，如此种种，都背离了飞行的本质，与我们远远看到的鸟儿的展翅翱翔完全不是一回事。在飞机上也很少有人会对环绕机身的壮阔风景保持关注：电影开始了，然后空姐就会要求靠窗的乘客拉下塑料遮光板。只有当我们敢于向空姐的独裁发出反抗，英勇地拉开遮光板的时候，才能看到窗外的世界，并且在一瞬间意识到自己在哪里。从上面往下看，世界是辽阔的，却又仿佛是伸手可及的，好似它自己的一张地图，它的一个更为轻盈、更易于把握的替身。

契科德洛斯雷梅迪奥斯河

书写墨西哥城是一项注定要失败的事业。我原本不知道这一点，还一直以为，要写点关于墨西哥城的文字，就要模仿传统：以瓦尔特·本雅明的方式，成为一个熟识各条人行道的行家、对城市的花花草草了如指掌的植物学家、对老城区的建筑和环城高速上的奇葩广告能说出一二的业余考古学家。我曾试着像波德莱尔笔下的"小老太婆"那样走过科皮尔科，却发现关于10号干道一行字也写不出来。这是科皮尔科的错吗？有一回我曾听人说起，"科皮尔科"一词来源于纳瓦特尔语，意为"复制品之地"——在那块区域来回走过数趟之后，我终于可以很肯定地总结说，这块地方要能有点什么说头，那就是这个词了。这片丑得一塌糊涂的城区，是墨西哥国立自治大学病恹恹的阑尾，它的图书馆里的书在这里以一页一毛钱的价格被大规模复制。或许，我写不出什么来，真的是科皮尔科的错呢。

然而，即使是老城区里书店林立的唐塞雷斯街，在我脑中唤起的也不过是中学时代的一点回忆，第一次读《奥拉》[1]，或是某次本能现实主义[2]的游荡。克维多[3]的这几句诗可以对我的失败给予解释说明，却不能提供安慰：

你在罗马寻找罗马。哦，朝圣途上的旅人！

正因为在罗马，你才找不到罗马。

阿梅卡河

墨西哥城像个什么呢？在我看来，意大利像一只靴

1　《奥拉》（*Aura*）是墨西哥作家卡洛斯·富恩特斯（Carlos Fuentes）的小说。

2　本能现实主义（Movimiento real visceralista）是曾长居墨西哥城的智利作家罗贝托·波拉尼奥（Roberto Bolaño）在其小说《荒野侦探》（*Los detectives salvajes*）中虚构的一个文学运动。

3　克维多（Francisco de Quevedo，1580—1645），西班牙作家，"黄金世纪"文学最重要的代表之一。

子，智利像一根辣椒，甚至可以说曼哈顿像一根阴茎。但我不知道为什么人们会把威尼斯的轮廓说成是一条鱼。

从一张比较详细的地图上看，威尼斯大概有点像一只古生代软体动物的骸骨。然而，要得出这样的结论，想象力得足够强大才行。帕斯捷尔纳克把威尼斯比作一块浸透了水的椒盐卷饼，这个类比也不贴切：

在我脚下，威尼斯游动在水中，

一块石头做的椒盐卷饼，泡在水里。

我翻阅《威尼斯地图集》，对这座岛屿的地图研究了好几个钟头，最后得出的结论是：威尼斯最像一只碎裂成数块的膝盖。

我知道，这种类比，就像所有的类比一样，是具有欺骗性的，因为它从一开始就暗含了某种意图，这种意图仿佛是不言自明的。但是，某些东西——一块领地，一张地图——是不能一眼看清的，有时候需要想象出一个类似物，就像一道斜打过来的光，照亮那飞速逃逸、难以捕捉的物体，让我们在一瞬间将它看清。威尼斯，威尼斯地图，一只膝盖：当这三个形象拥抱在一起时，能让人瞥见些许光亮。可是，墨西哥城的地图究竟像个什么呢？

拉科尔梅纳河

当西班牙军队沿着埃斯塔帕拉帕大道向特米斯提坦岛进发时，贝纳尔·迪亚斯·德尔卡斯蒂略[1]所看到的，是今天的人无法想象的："看到那条直通墨西哥的笔直通道，我们惊叹不已，还有那些水中的高塔、神庙、楼

1　贝纳尔·迪亚斯·德尔卡斯蒂略（Bernal Díaz del Castillo，1492？—1584），西班牙军人，曾参加墨西哥征服行动，著有《新西班牙征服信史》。

宇，都是用方石砌成，我们都觉得像是阿玛迪斯的书[1]里面讲到的奇幻之物［……］"现在已经不可能再有谁把墨西哥城比作书里的东西了。这座城市缺乏标识之物，没有哪种精确的类比可以代表它。与柏林、巴黎或者纽约不同，墨西哥城是一座有着确定中心的城市，然而，这座城市却失去了与中心的所有可能的连接，并没有围绕这个中心来架构起自身。这是一个悖论。或许，正是这种由具有中心而来的自信，使得这座城市可以无限制地扩张漫溢，直到失去了全部轮廓，溢出到谷地之外。

拉皮埃达河（高架桥）

　　墨西哥城最早的一批地图中，保存至今的有两幅，一幅是 1524 年的，现藏纽伦堡，另一幅是 1555 年的，

1　此指曾在 16 世纪风靡于西班牙的骑士小说《阿玛迪斯·德·加乌拉》（*Amadís de Gaula*）。

现藏乌普萨拉。(它们是怎样到达德国和瑞典的,这是个谜。)两幅地图上都只有寥寥几笔——几条主要的街道、几个巨大的方块区域、一些零散的房屋、船只和鱼。很难弄清楚哪里是南,哪里是北,不过这无关紧要;这两幅地图自是明净的,如俳句般简洁的(而非简单)。细细端详,墨西哥城最初的这两张地图不过是笛卡尔式的空间简缩而已,是对一块以水泊为主的土地的勉强图解。

那时候的墨西哥城倒是像个什么:"都城建在盐水湖中央,宛如一朵巨大的石花",阿方索·雷耶斯[1]在他的《阿纳瓦克之景》一书中这样写道。在纽伦堡的地图上,墨西哥城像一块完美的头盖骨,呈半椭圆形,浸泡在一个巨大的水盆中。在乌普萨拉的地图上,墨西哥城则很明显是一个保存在酒精中的人类心脏。它让人想起阿波利奈尔的诗句:

---

1   阿方索·雷耶斯(Alfonso Reyes,1889—1959),墨西哥诗人、散文作家。

风向标林立的城市

在红瓦屋顶凝结的混沌中沉思，

宛如诗人多样的心

伴随着非理性众声喧哗的旋转。

　　墨西哥城现存最新的一张地图（罗西地图出版公司，2008年）是什么也不像的，非要说它像什么的话，可以说像一块水印，能间接引起对另外某种东西的联想。法比奥·莫拉维托[1]在他的一篇关于柏林施普雷河的散文中写道："一条河会控制住它穿行的城市，遏制城市的野心，时刻提醒城市记住自己的本来面目；失去了河流，也就失去了面目，城市就会自行其是，就会像墨西哥城那样变成一大块水印。"或许莫拉维托是对的；或许，一切都不过是水道的问题。

---

[1]　法比奥·莫拉维托（Fabio Morábito，1955—　），墨西哥籍意大利裔诗人、作家。

　　有人说，墨西哥城像一只大鸭梨——"大苹果"[1]的怪异翻版；梨果最宽硕的部分对应的是城南，梨梗部分则是瓜达卢佩圣母教堂的所在，那里是古斯塔沃·A. 马德罗区。但是，细看便知，这只大鸭梨的果肉部分是大大地漫出了它应有的界限的。就像一场刑事案件发生过后的地面上用粉笔画出的轮廓，这些轮廓无法控制住案件导致的后果：墨西哥城是一只坠落在柏油路面上的梨子。

　　华莱士·史蒂文斯[2]曾写道：

　　　　梨不是中提琴，

　　　　也不是裸体，也不是瓶子。

　　　　它什么都不像。

1　"大苹果"是纽约的俗称。
2　华莱士·史蒂文斯（Wallace Stevens，1879—1955），美国现代主义诗人。

桑德歇托－米斯科阿克河（洛玛努埃瓦区）

单凭走一圈，是无法得出任何关于墨西哥城的总括性观点的。卢梭的孤独漫步，瓦尔泽[1]和波德莱尔的漫游，克拉考尔[2]的图像旅行，本雅明的flâneries[3]，都是理解和描绘现代城市崭新结构的一种方式。可是，墨西哥城的居民既没有被赋予微观视角，也没有被赋予鸟瞰视角，因为他们缺乏任何参照点。在某一个时刻，城市失去了中心，失去了一条用以架构全局的中轴线。

不用说，墨西哥城必须从上往下看。我曾经试过：环城高速的高架路面，不过是让我们这些每天挣扎求生的溺水者短暂地浮出水面吸一口气而已。要从很高的高处往下看：或许要飞越整座城市，才能以某种方式重新看到墨西哥城。在夜晚的高空往下看，谷地重现了它

1　罗伯特·瓦尔泽（Robert Walser，1878—1956），瑞士德语作家，著有名篇《散步》，源于其持续多年的散步习惯。

2　克拉考尔（Siegfried Kracauer，1889—1966），德国电影理论家。

3　法语，意为漫步。

液态的过去——湖里挤满了渔船。同样，在一个晴朗的白天，从飞机舷窗上往下看，墨西哥城几乎是可以把握的，仿佛是它自己的一个极为简明的图像，以人类想象的尺度制出。可是，当机身越来越贴近地面时，就会发现，老城区的方形地块好似浮动在一大块没有边界的灰色水域之上。谷地的褶皱，好似一股水银的浪潮在不断冲击高山的阻隔后留下的可怕痕迹；城内的街道，则是一个决了堤的幽灵之湖在湖底留下的石化褶皱。

塔库瓦亚河

飞机起飞时，有些乘客会哭，这是司空见惯的事情——他们刚刚与亲友离别，在系上安全带的那一刻感到了分离之痛的最后一次震颤，不过我想，在飞机最终着陆时，倒是很少能见到这一幕的。有几回乘飞机抵达墨西哥城时，我就情不自禁地哭了。当我看到纳沃尔·卡里略人工湖，看到这呈完美方形、不可能在自然界中存在的湖时，我崩溃了。没有任何声响，只是几滴零散的泪珠。我毫不怀疑，这悲怆的一幕不止一次地成为同排邻座旅客对我发出最诚挚同情的理由（他们一定会想，好伤心啊，这可怜的姑娘肯定挺惨的）。有很长一段时间，我曾把我的这种反应归咎于疲劳——眼泪是困倦的排泄物。后来我想，这只是一种抗拒，抗拒自己落入一个将要面对的世界，当这个世界越来越近时，它就再一次变得无法估量了；或者，如加尔威·金耐尔 [1] 所说，变得无法预料了：

> ……我们这些想法雷同的渺小的思考者，
> 着陆于一个无法预料的世界，
> 跨越大洋的飞机把我们送回家，
> 沉重的机身靠向地面，几乎是轻柔地进入

1　加尔威·金耐尔（Galway Kinnell，1927—2014），美国诗人。

　　　　喷吐着小小的、垂直的云朵，

　　　　留下长长的黑色橡胶污渍的地方，

　　　　认出了它的源起之地。

　　现在我可以肯定地说，我在飞机着陆时自发的、没
来由的哭泣，和不开心以及对未来的恐惧没有半点关
系。这只是我对一个再也明白不过的事实的湿润的回
答，这个事实就是，一个遭到废弃的湖被时间所凝固，
成了陆地，沦为尘埃，过去的河流现在成了水泥街道和
空洞的词语：楚鲁乌斯科、翁多、玛格达莱娜、皮埃达、
米斯科阿克、塔库瓦亚、科尔梅纳、契科、阿梅卡。

自行车速度

III

La velocidad à velo

人行道

赞颂散步的人已经把走路这一行为上升到一种带有文学色彩的活动的高度。从逍遥学派到现代的 flâneurs[1]，散步被构想为思想的诗学、写作的前奏、求问缪斯女神的空间。事实上，在以前，出门散步遇到的最大风险或许是被一条狗击溃，正如卢梭在《孤独漫步者的遐想》的某篇中所讲述的那样。同样真实的是，在今天这个极不适合步行也缺乏文学色彩的墨西哥城，行路者在出门上街的那一刻是无法拥有像罗伯特·瓦尔泽开始散步时所宣称的好心情的。

---

1 法语，意为漫步者（此为复数形式）。

　　墨西哥城的步行者必须与城市的节奏同步前进，必须显示出与其他行路人同样的明确意图。步行方式的任何一种变化，都会让他成为众人怀疑的目标。走得太慢，说不定就是在企图犯罪或是迷了路。跑得飞快还不穿运动装，搞不好就是在逃避正义的惩罚，或者是有什么见不得人的、值得引起关注的急事。在这座城市，除了那些还能把狗牵出来遛两圈的人、放学回家的儿童、上了年纪的人和流动摊贩，没有任何人可以以散步的速度行路。

保持车距

　　自行车介于汽车和鞋子之间；它的轻巧可以让骑车人超越行人的目光，同时又被机动车上的目光所超越。由此，骑自行车的人拥有一种绝妙的自由：不被人看见。自行车的混杂性让骑车人置身于一切监视之外。

　　骑车人唯一公开宣战的敌人是狗。这种动物淫念太多，一见到有动得比它快的东西就要撒腿追逐一番。当然，驾驶汽车的野兽也是很危险的。尽管如此，骑车人还是具有足够的隐蔽性，可以得到步行者得不到的东西，那就是：孤独漫游，任由自己的思绪奔流不歇。

另外，每一辆自行车都是符合自己主人的需要的。不同风格的人都有属于自己的那一款自行车：忧郁型的，进取型的，干练型的，野蛮型的，怀旧型的，实干型的，灵巧型的，淡定型的。车如其人，比狗像主人更甚。骑在车上，人感觉到实现自我了，自我被体现了，更加自信了。

正如自称推崇城市自行车运动的胡里奥·托里[1]所指出的那样，飞机和汽车都不能和人成比例，因为它们的速度要远远超过人所需要的速度。自行车就不一样。驾驭自行车的人可以选择与其身体节奏最为合拍的速率，而这仅仅取决于骑车人自身的生理极限。

自行车不仅是尊重人体的节奏的，对思考也是慷慨

1　胡里奥·托里（Julio Torri, 1889—1970），墨西哥作家。

大方的。当一个人想要神游漫思一番时，拐弯抹角的自
行车车把是他最完美的伴侣；当种种思绪倾向于直线滑
行时，自行车的两个轮子会负责照管它们；若是某种思
虑让骑车人痛苦，阻止了理性的自然运行，那就找一个
角度够大的斜坡，让重力和风一道产生出神奇的疗效。

诚然，自行车有各种用途，不限于漫游：有骑自行车
的专业运动员，有骑自行车的磨刀匠，有人骑车送货，有
人骑车载客。但同样确切的是，骑自行车漫游是留存不多
的几种以自身为目的的街头活动之一。有这种异于常人的
想法的人，应当被称为"自行车主义者"。将骑车作为一
种不追求最终结果的非功利性事业的人明白，自己享有一
种不同寻常的自由，只有想象的自由才能与之相比。

停！

如果说在过去，散步是思想家的标志，今天在一些

城市仍然是可以边走边思考的，那么对于墨西哥城的居民来说，散步是没有多少意义的。

墨西哥城的步行者背负着整个城市的重量，沉没在城市的漩涡中，能看到的只有近在眼前的东西。另一方面，使用公共交通工具的人被限制在60平方厘米的私密空间里，视野也不比这60平方厘米宽敞多少。驾驶汽车的人也好不到哪里去，他们待在一个空空的巨大容器里，既听不到外面的声音，也闻不到外面的气味，也看不到外面的风景，他们甚至并不在这座城市里：他们的灵魂被一个又一个的红绿灯晃得麻木，他们的目光成为各种炫酷广告牌的奴隶，他们的想象力被神秘而混乱的交通规则设置了层层关卡。

萨尔瓦多·诺沃[1]曾写道："我们尝试着一步一步地让我们的内在节奏——血液循环、呼吸——与包围着我们、轻摇着我们、以柔声细语伴随我们并牵引我们的缓

1　萨尔瓦多·诺沃（Salvador Novo，1904—1974），墨西哥作家。

慢的宇宙节奏相适应，可是当我们上了汽车，以疯狂的速度消除距离、变动方位、吞吃里程数的时候，就不得不断然放弃那种努力了。"与汽车上的人不同，"自行车主义者"可以获得这种柔声细语般的从容速度，这是散步独有的速度，让思维得到解放、自在徜徉。骑在两个轮子上滑行的散步者找到了一个合适的距离，既能细细端详墨西哥城，又能成为它的同谋和它的证人。

　　自行车的速度让一种看的特殊方式成为可能。坐飞机、走路和骑车之间的区别，等同于用望远镜看、在显微镜下看和在电影镜头中观看这三种方式的区别。离地半米的人可以像通过电影镜头那样观看：他可以在某些细节上注视良久，又可以略去不必要的东西。

　　在墨西哥城，唯有骑在自行车上的人可以宣称自己获得了一种浪漫主义漫游者的心情。

两条马路和一条人行道

IV

DOS CALLES Y UNA BANQUETA

VI

梅里达——向北

接近下午六点的时候，当白昼的最后一层光亮开始从我家中物体的身上撤去，电灯的光亮让事物本已模糊的轮廓变得更加暧昧不清时，我不得不离开我的公寓。我不知道究竟是黑夜投下的第一批阴影让物质变得躁动不安——仿佛万物在黑暗中可以稍稍超越自身的界限，即将打破与世界保持沉默的约定——还是自己无法在静谧的时刻求得宁静。我蹬着自行车上了街。

骑过几个街区之后，我把自行车靠在一根路灯柱子上，上了锁，穿过马路，来到珍宝书店：我想找一本葡萄牙语语法的书，这一回又没找到。我学习这种语言的美好心愿，不得不再往后拖延了，正如许多其他事情一样。不过，我还是买了两本巴西诗歌集，外加一张明信片，总共 47 比索。

我曾经有一次参加一场学术会议，发言者们就 saudade 这个词展开激辩。打那以后，我只要看到一本词典，就会查阅这个词。现在，关于这个词，我认为我知道的不比所有人都知道的多多少：saudade 属于那种无法翻译的、只有用葡萄牙语爱过、享受过并且痛苦过的人才能理解的词。一切都似乎表明，不讲葡萄牙语的人是没有权利去 saudade 的。或许是这样。但是，为什么不把这个词拿过来用呢？

外面开始下起雨来，我便挑了一张小凳子，在两排书架间坐下来翻阅我的新书。我在这两本书的书页间寻找那个词的踪迹。一无所获。不过，一些我能一知半解的诗句跃入我的眼帘：

Calçadas que pisei

que me pisaram

como saber no asfalto da memoria

o ponto em que começa a fantasia?[1]

（究竟是"梦幻开始的那座桥"，还是"梦幻开始的那一刻"？）

当我们面对一门所知有限的语言时，我们往往会用想象来填充一个词、一句话或一段文字的意义，就像我们小时候的一种绘画书，书上只有小点点，要用彩色铅笔把这些点连接起来，才能得出完整的图像。我不懂葡萄牙语，或者说我和所有讲西班牙语的人一样，只是部分地了解葡萄牙语。当我说 saudade 的时候，就好比是在一面外文书页上填补空白。

---

1 葡萄牙语，意为：我踩过的路／也踩在我身上／如何知道在记忆的柏油路上／梦幻的起点在何处？——闵雪飞译

杜兰戈——向左

　　Saudade 不是 homesickness[1] 也不是 heimweh[2]。芬兰语的 kaihomielisyys，虽然让人想起家和蜂蜜，[3] 却仅仅代表 saudade 最为寒冷的维度。用冰岛语的 söknudur[4] 来指代 saudade 则显得生硬；波兰语的 tesknota[5] 和它几乎不沾边；英语的 lack[6] 呢，似乎总少了点儿什么；捷克语的 stesk[7] 也略显不足；爱沙尼亚语的 ihaldus[8]，里面有个冰冷无情的 "h"[9]。加利西亚语的 morriña[10] 就像一块向它抛出的石子，划出一道无限接近却永不交合的轨迹。"longing"[11]

1　英语，意为思乡病。
2　德语，意为怀念家乡。
3　此指在该词的拼写中能看到 home（英语，家）和 miel（西班牙语，蜂蜜）这两个词。
4　意为乡愁。
5　意为渴望。
6　意为缺失。
7　意为乡愁。
8　意为欲望。
9　西班牙语的 "helada"（冰封的）即以 "h" 打头。
10　意为怀念故土。
11　英语，意为渴望。

伸出的长长手臂够不着它。"Sehnsucht"[1] 中的 "e" 延宕太久。Saudade 既非乡愁，也非忧郁——或许 saudade 也不是 saudade 的意思。

奥利萨瓦——向左

忧郁（melancolía）原本是一种体液，是分泌过多的黑色胆汁。它挥发出来的臭气能蒙蔽理解力，扰乱灵魂。在黏液、黄胆汁、血液和黑胆汁这四种体液中，黑胆汁是干性和寒性最强的。黑胆汁的人眼窝下陷，面容悲凄；他是慎重的，阴郁的，孤独的；难以入眠，容易做噩梦；常常陷入迷狂，好猜忌。他的体质近于死者，患有肠胃气胀；排便很痛苦；排尿稀少，尿液呈无色。按照民间智慧的说法，黑胆汁—忧郁的成因在于饮食安

---

1 德语，意为渴望。

排欠佳，可用泻药、油膏、泥敷剂和放血疗法来医治。

随着时间的推移，这种病症的原因和疗法越积越多。在病因的名单上，首先出现的是土星，一百年后，名单上又添上了闲懒、知识过多、巫婆、魔法师和上帝。神造成的病症，总是有来自地上的解药。1586 年，蒂莫西·莱特医生在致一位假想的忧郁症病人的信中建议他不要吃卷心菜、椰枣和油橄榄；豌豆这样的豆类不能吃；猪、牛、羊的肉一概不能吃；海豹和鼠海豚也不能吃。

里约热内卢广场绕行

Saudade 的词源并不是很清楚。它有可能来源于一艘葡萄牙船的名字："圣达埃德"号（São Daede），这条船先于瓦斯科·达伽马[1] 探索了印度洋。也许它来源于拉

---

1 瓦斯科·达伽马（Vasco da Gama，1469—1524），葡萄牙探险家，曾率领船队进行了史上第一次从欧洲直抵印度的远洋航行。

丁语的solitudinis[1]，或是来自充满沙漠风味的阿拉伯语单词 saudah[2]。它甚至可能是莫桑比克海岸地区的某一种乐器，也有可能是几内亚比绍的丛林里某位丰腴的黑人女性的名字。

奥利萨瓦——沿人行道直行

乡愁（nostalgia）是忧郁的私生女。她继承了黑胆汁的干性与寒性，但从没有带上土星的标记。忧郁这个母亲的神奇体液在乡愁这个冷漠女儿的三个干涩音节[3]间消失了。和"头痛"（cefalalgia）、"神经痛"（neuralgia）以及其他带"algia"的词一样，"乡愁"（nostalgia）不可避免地成为了医学名词。如果我们考虑到，它的出现

---

1 意为沙漠。
2 或写作 suwaida，意为黑胆汁。
3 西班牙语中"乡愁"（nostalgia）一词由 nos-tal-gia 这三个音节组成。

正逢灵魂的痛苦转变为心理病症的时代，就不会感到奇怪了。

乡愁是17世纪的军医约翰内斯·赫弗尔发明的。到赫弗尔这里来看病的瑞士士兵，都是在外国的土地上待过很长一段时间之后，表现出同样的症状：头痛、失眠、胸闷、出现幻觉。这些远离故土的士兵脸色死灰，呆滞无神，没有一点活力；他们就像这个世界的缺席者，在想象中把过去和现在混淆在一起。

赫弗尔给1688年进他诊室的每一名士兵都做了记录，他名单上的这支忧郁大军人数越多，他就越急于将这一系列的相似病例归入同一个集合中。就像有人要等到看完彗星的全部轨迹后才在天体图上给它定名一样，赫弗尔在接待过最后一个士兵后才给他的假设进行命名。当时，他满意地合上登记册，写下这几个字：*Dissertatio medica de nostalgia.*[1]

1　拉丁语，意为关于思乡之病的医学报告。

这个名称将症状描述得十分精确：由渴望回家（nostoy）引起的痛苦（algia）。就像其他的病症一样，这种病症也是有解药的：鸦片、吸杯、蚂蟥、泻药和温水泡澡。可是，经过一段时间的治疗之后，士兵们就对这些缓解剂产生抗药性了。经过多次试验之后，赫弗尔得出结论：最好的疗法就是把这些士兵送回家。

塔巴斯科——向右

Saudade，它的头几个元音在伸展延宕中包含着些许痛楚。这个词能让人联想到一些既美丽又带着点忧伤的事物：帆船（nao）、柳树（sauce）、熏香（sahumerio）、蜥蜴（saurio）。

奇瓦瓦——向右

词语的命运是捉摸不定的，不知道是什么样的看不见的手在塑造它们。时间先是把忧郁升格为一种诗意的状态，成为具有形而上学性质的 spleen[1]。忧郁气质变成了天才的标志，黑胆汁成了神圣的物质。亚里士多德过早地散布了这一谣言，其回声似乎首先是被浪漫主义者、接着被浪荡子和花花公子们听到了。再往后，忧郁完全成了一种受刺激的强烈情感，忧郁的创始神话终结了，或许弗洛伊德应当为此负主要责任。弗洛伊德将忧郁民主化了：一俟躺椅出现，这种神圣的病症就不再由名流们独享了。进入 20 世纪，忧郁不再是诗人的生活方式和灵魂状态，成了一种令人鄙视的病征，也许只配得上躺椅上那些歇斯底里的女病人。

乡愁也遭遇了同样的命运，它逐渐不再是心灵的疑

---

1 英语，意为忧郁、愁闷。

病症和头脑的疾病，成了乌拉圭人罹患的一种病痛。忧郁和乡愁最终落入同一个破口袋里：根据国际疾病分类标准的定义，它们的名字叫"抑郁症"。

边境——向右

如今，既然医生已经不是忧郁和乡愁这两个词的主人了，又有人发现了"尤利西斯综合征"。我在一份西班牙报纸的抬头上读到：

> "50%的移民都遭受了某种程度上的心理紊乱……！以非正常方式抵达的外国人中，三分之一的人是'尤利西斯综合征'的潜在患者。"

尽管具有一个文学色彩十足的名字，这种新的病症被严格界定为医学问题。这种病的表现是：悲伤、哭泣、紧张、头疼、胸痛、失眠、易疲劳和有幻觉。这种病的解药是：精神科医生和药物。在巴塞罗那就有一个医疗团队专门治疗心理紊乱的"黑户"移民。他们要卖出去多少药片才会让人们最终发现，尤利西斯综合征是无法通过服药来治愈的？要过多少年人们才会明白，胸中的疼痛不过是一个 saudade、一点点乡愁，只是黑胆汁分泌过多而已呢？

萨卡特卡斯——向右

我认识一个人，他坚持认为 saudade 在西班牙文中的正确译法是"tiricia"。我四处搜索了一下 tiricia 的定义。在互联网上出现的有：

a）牙齿酸痛。指摄入酸味物质或听到刺耳声音时牙齿和牙龈经受的不适感觉。

b）黄疸：由血液中胆色素累积过多而造成的病症，外在表现为皮肤和黏膜发黄。

c）在萨尔瓦多指懒惰、草率、情绪低落。

d）儿童抑郁症。

e）那不勒斯方言：apuocondria[1]。

路易斯·卡布雷拉广场——步行穿越

没有罹患乡愁或是 saudade 的儿童，但确实有忧郁的、得 tiricia 的儿童。六岁的时候，我听大人们说，在地下挖一条隧道可以直通中国，我就想，我倒是可以用这种办法回到我的祖国，给我们全家省下一大笔机票钱。当时我们全家住在中美洲，如果真有人把地道挖到了中国，那么我也可以把地道挖到墨西哥了。我问爸爸

1　意大利那不勒斯地区方言词汇，指一种夹杂着忧郁、乡愁和沮丧无力的感觉。

墨西哥城的确切方位，他就给我画了张地图。于是，我就在花园的一个角落开始挖掘隧道了。

隧道工程持续了几个星期，我开始厌倦了。就在我即将放弃那个已经开挖了相当深度的地洞时，突然碰到了一个坚硬的底部——应该是一个藏宝箱。我在那块坚硬的表面周边又继续挖了三个星期，原先的计划给我忘得一干二净了。

一连好几天我都在寻找宝藏。我挖的坑洞遍布整个花园，然而最终找到的只有几条蚯蚓和家里的水井。自然，爸爸妈妈失去了耐心，命令我停止挖掘工作。我听了大人的话，但我觉得应该利用一下这些坑洞，在每一个坑洞里都埋下点儿什么。我在一个坑里埋了些玻璃弹珠，在另一个坑里埋了一列玩具火车，在又一个坑里埋了一个丑得吓人的雪景主题的镇纸。在最大的那个坑里，就是被我误认为底下是宝藏的那个，我把爸爸手绘的那张地图放了进去。我当时心想，未来的某一个小孩——出于某种巧合他也是墨西哥人，也住这栋房子——或许能发现这些坑洞的故事。他会使用比我的工具更为现代的工具，找到这张地图，直抵墨西哥城来拜访我。如果到那时已经过去了太多的岁月，我已不在人世，那么至少在这个地方我留下了一点印迹。从那一刻起，花园就不再是重返墨西哥的邀请，而是成为了一个许诺：在未来必将有一个小孩发现我留下的东西。就这样，挖了几锄头的土，我的 tiricia 给治好了。

奥利萨瓦——向南

共同之处：

拥有 saudade，就好比拥有一个玩具。它是一个完美的、滚圆的、无穷大的玻璃弹珠。它是一只手掌上的一个单一体，是一个内含微缩雪景的镇纸。Saudade 就是 saudade 是 saudade。它围绕着一个空虚的中心旋转：一列玩具火车。

Saudade 既能带来快感也能带来痛苦，它是长在膝盖上的痂，任由我们不停抓挠，直到抓出血来；它是松动的牙齿，任由我们的舌尖来回摩挲，直到完全脱落；它是裸露皮肤上的毛孔，一旦与浴缸里滚烫的水接触，就会打开自己。

Saudade 是一个缺失的呈现：虚幻肢体上的一记刺痛；伊兹塔帕拉帕[1]的一道裂缝；墨西哥城的河流与湖泊；花园里的一个坑洞。

克雷塔罗——向左沿人行道直行

西里尔·康诺利[2]说得好："想象＝对往昔的怀恋，对不在场之物的怀恋；它是冲洗快照的溶液，艺术在其中

1　伊兹塔帕拉帕（Iztapalapa）是位于墨西哥城东部的一个人口密集的城区。

2　西里尔·康诺利（Cyril Connolly，1903—1974），英国作家、文学批评家。

揭示出现实。"

如果说乡愁是对过去的思念，那么当过去的回忆被当下的存在强行遮蔽的时候，乡愁就溶解消散了。就这样，水蛭以其叮咬的具体疼痛，转移了家园之失的抽象疼痛；鸦片以其营造的醉人幻景，模糊了本身也同样虚幻的对往昔的追忆。

但乡愁并不总是对过去的怀恋。有一些地方会让我们产生提前到来的乡愁。这样的地方，一经我们发现，我们就知道肯定会失去它；在这些地方，我们知道自己将来再也不会比现在更幸福。灵魂一变为二，在一个虚拟的情境中回头看现在。从后往前看，就像一个眼睛反观自身。这个眼睛隔得远远地看它的现在，并对之向往不已。

边境——向左

Saudade 是斜视的：一只眼睛朝前看，另一只眼睛往后看。当右眼要求它往前走时，左眼却敦促它往后走。正因如此，saudade 总是一动不动地待在原地，它被允许的唯一走动，是灵魂环绕自身的步行。

乡愁不是这样。它睁着长在后颈上的两只眼睛，朝着与它的脚趾所指相反的方向决绝地行进。它一只眼近视，另一只眼远视，会混淆距离，把远处的东西当成近在眼前，或是把近处的东西当作远在天边。它对光极其敏感。它只喜欢日出和日落时的微光，绝对受不了正午的强光。

塔巴斯科——向右逆行

在曼萨纳雷斯河 [1] 岸边——奥尔特加·伊·加塞特 [2] 曾

1　曼萨纳雷斯河（el río Manzanares）是流经马德里的一条河流。
2　奥尔特加·伊·加塞特（José Ortega y Gasset, 1883—1955），西班牙哲学家。

形容这条河是一个"液态的讽刺"——伸展着忧郁的"忧郁者大道",如同一个赘述的语句。河流的一边是一溜灰色的楼房,每一座都与后面一座一模一样。河流的另一边是一堵混凝土墙,这堵墙令人不禁展开联想,想象在它后面不远的地方,河流正在为登台演出进行排练。这一段的河水令人联想到黑胆汁。也是在曼萨纳雷斯河的这一段,出现了几个通风口。我想没有人知道这些巨大的工业管道是做什么用的,它们从水中探出头来,宛如一座老旧工厂的烟囱。在冬夜里,这些通风口会发出低回的鸣响,像鲸鱼的叫声,并且喷吐出带有恶臭的水蒸气,这些白气会躺卧在忧郁者大道上,好似一条美丽的、令人窒息的床毯。

普希金花园——停车

一张明信片。佩索阿站在他小阁楼的窗前,那是下城区一座楼房的四楼："当我想下到我的灵魂深处时，我突然停住了脚步，忘记了自身，站在一条深邃的螺旋楼梯的起点上，从我的楼层高度看着离别的太阳把那些乱成一团的屋顶染成黄褐色。"倘若他沿着楼梯下到街上，也许会穿过人行道，在街对面买一包新鲜的烟叶；他会在门口碰见艾斯特维斯，他会稍稍和佩索阿打个招呼；但是，佩索阿总是对突如其来的相遇准备不足，都不能直视对方的眼睛。如果他出来后下到多拉多雷斯街，一直走到阿尔玛达巷，他就会路过莫伊钦尼奥·德阿尔梅达先生的办公室，他的这位上司会在第二天早上等着他在八点半准时到达。在途中他会在一个如今以他名字命名的饭馆稍停片刻，和贝尔纳尔多·索亚雷斯一起喝一杯酒、享用一碗绿汤[1]。接下来他会继续沿着那条街走，走到圣马梅德街，然后沿着圣克里斯平阶梯上行，再走几步路，就到了 Saudade 街。也许在那里，斜靠在一个

1　绿汤是一道葡萄牙名菜，由土豆、卷心菜、大蒜、橄榄油等制成。

阳台上，他会发现自己的另一个化身：一个忧郁的南非人，住在开普敦，英语文学教授，对神秘的抑扬格五音步诗深有研究。然而，正如我不会离开我的书桌，佩索阿是不会离开窗口的：

我在自己身上求索，却一无所获。

我走到窗前，看到街道绝对明净。

我看到商店，看到人行道，看到往来的车辆。

我看到穿着衣服的人与人相遇，

我看到同样存在的狗，

所有这些都像流放之刑一样压在我心头，

所有这些都是异乡，正如一切的一切。

科利马——向左沿人行道直行

马德里有一条忧郁者大道，里斯本有一条 Saudade

街。亚利桑那州的图森有一条思乡者路，位于希望路和
光荣路之间。

梅里达——向右——停！

我走出珍宝书店，穿过街道。我把那一袋书放在自
行车篓子里，用衣袖擦了擦湿湿的坐垫，打开车锁。

"也许我不能表达的东西——那种在我看来最为神
秘、无法言语之物——正是我能表达的东西借以获得意
义的背景。"维特根斯坦这样写道。那些拒绝被理解的
语词同样如此。也许终有一天我会弄懂 saudade 这个词
的意思，而我在街区里骑着自行车的漫游正是这个词借
以获得意义的背景。马路，支离破碎的人行道，患了麻
风病般的墙体，有形的哀伤：saudade，虚构故事开始的
那一个点、那一座桥。我上了车，一路往家骑去。有时
候我行经马路，有时候我在人行道穿行。

水泥

V

CEMENTO VI. PARAÍSO EN OBRAS

梅里达（在人行道上）

我家房子外面有人被枪杀了。就一颗子弹，击中后背，在肚脐眼的高度。头颅先着地的。撞击在水泥路面上，一声闷响。脑袋不像我们的生命那般脆弱易碎：它仍保持完好，上了胶的头发朝后梳，很完美的发型。牙齿露在外面，清晰可见，宛如智障儿的牙齿。第二天，路面上出现了一个用白粉笔画出的轮廓。那只手在描出尸体边缘时有没有颤抖呢？城市，它的人行道——一块巨大的黑板。在上面相加的不是数字，是尸体。

施工中的天堂

VI

PARAÍSO EN OBRAS

IV

劳作的男人们

如果说头骨就是它形似的东西——一个半球形的容器，一个洞，一个储液囊，那么学习就是一种将内无一物的空间逐步填满的方式。不过，事实并非如此。我们可以想象，每一个新的印象都在头脑里开挖出又一道深沟，让那个不成形的物质又减损了些许，让我们又空洞了一些。我们生下来的时候是满满的——盛满了灰色的物质、水，盛满了我们自己，接下来，在我们每个人身上，每时每刻都进行着缓慢的侵蚀过程。在我们的脖颈之上，是一个开凿不歇的岩洞，挖出的碎片会积少成多。

在楼下的院子里，有一个男子正在用一只锤子有节奏地敲打一把凿子。他已经连续干了好几个小时。上午八点钟的时候，我下楼去问他在干吗，他说："我们在干活儿嘛。"就好像是在回答一个答案显而易见的问题。我没有试着去问下一个问题——那才是真正让我不安的问题——转身回了屋。我在淋浴喷头下站了好几分钟后才意识到，今天等我再次打开房门时，那个我们多少次在上街前穿行过的公共庭院的地面不会是原样了。

到现在我还不想下楼去望一眼。我寻思着怎样才能从那里出去：那个人会不会临时搭一个木板小桥，或者至少伸出手来帮我们一把，让我们跨过去；在那消失的地面下开凿的坑洞会不会很深；院子是否永远不会恢复原样了，以及，到了雨季，我们的楼房会不会沦为一座被暗灰色的水团团包围的蓝色混凝土孤岛。

石板上的敲击声持续不歇。院子里空洞的威胁正在逐渐加大，与此同时，在城市的另一个地方，某一条人行道正在被大卸八块；在另一个某处，有人在推倒一面墙；在一节地铁车厢里，一个小孩把头轻轻靠在车窗上，在他那轻盈的、圆溜溜的脑袋瓜里，一个想法开凿出一道深沟，一个生词划出了一道裂缝。

桥梁维修中

"妈妈"（mamá）这个词紧抓着和那个已经不能再贴近的胸口相联系的脆弱绳索；"手"（mano）让我们略微记起那个已经无法还原的肢体被挠痒的感觉；"我"（yo）则是镜子另一边那个我做出的表情的回声。在童年之前的童年时代，当句法的阴影尚未遮蔽这个世界的耀眼光芒时，呜噜作响的"rr"和低回不断的"m"足以表达一切。孩童在学会讲话以前，是用食指和没有语义的发音来言说这个世界的——对自己言说。有一天，"m"的轻声细语与"a"喜结良缘，然后又重复了一下——"妈妈"。于是，有某种东西断裂了。在我们说出那条绳索、那第一条也是最亲密的绳索名字的那一刻，将我们和世界维系在一起的某一条绳索彻底断裂了。

差不多所有人都知晓自己第一次说出"妈妈"的前后经过（我们也知道，每当有人说起自己的这段往事时，其叙事语调的甜美程度与听者的兴趣成反比），但是我估计很少有人能记得自己在语言之路上颤颤巍巍地迈出的那最早几步。有人曾把这种初习语言的体验比作造物主在创造宇宙、给宇宙命名时感受到的狂喜。可以说，孩童是使用世界语的诗人：他们的词句和世界保持着完美的对应。

我们都喜欢听关于亚当与天堂的神话，我们倾向于相信，事物的名字都是确切的、必要的，相信每一个事物的内核里都有一个词语，说出这个词就等于揭示——甚至是发明——该事物的本质；相信言说这一行为类似于创世主签发许可令。这么说也许有一定道理，但事实是，习得第一门语言的过程就像患上失语症或者口吃那般不自觉。一门语言的习得与其说是对天堂的怀念，不如说是人生的第一次流亡，本能的、静默的流亡，通往为我们所命名的一切的虚空内核。

　　"每一个事物都是一个在其之外空无一物的空间。"约瑟夫·布罗茨基这样写道。每个词语都生发出一个在其之外没有任何音响的静默。名字是遮掩假体的手套，包裹着虚无。一个孩童学会了一个生词，便获得了一座通向世界的桥梁，但这只是一种补偿，因为当那个词语印刻在他脑中时，便也在他内里开凿了一道深渊。学会说话就是逐渐意识到，不论是关于什么，我们都无话可说。

请改道

　　路易斯·沃尔弗森写过《精神分裂与语言》。这个美国人无法忍受英语：这不是他的选择。他唯一的愿望就是忘掉英语，这门语言是被强行灌输到他耳朵里的，就像是从母亲的乳头一股脑儿涌向新生儿喉咙的浓稠乳汁。一个肥胖而粗鲁的母亲对他横加管束，一个他怎么都看不上的母语让他窒息，于是他就把自己关在卧室里

闭门不出。沃尔弗森把自己称为"得了精神分裂症的语
言学生"。他俯身书桌，寸步不离，自学了德语、法语、
希伯来语和俄语；他用一个小小的便携式收音机收听外
国电台节目；他来回翻阅大部头的词典，时刻准备着在
他母亲再一次撞开没上锁的门、用那可恶的语言对着他
骂上一两句的时候，把指尖塞到耳朵孔里。德勒兹引过
这其中的一句咒骂：Don't trip over the wire.[1]

既然无法把耳朵完全封闭起来抵挡胖母亲的尖厉吼
声，沃尔弗森试验了一种新方法。他每天都试着进行机
械性的同声传译，把英语语词转换成其他语言中的相仿
音素。于是，Don't 变成了 tu'nicht[2]（德语）；trip 变成
了 tréb（来自法语的 trébucher[3]）；over 变成了 über[4]（德
语）；the 变成了 èth hé（希伯来语）；wire 变成了 zwirn[5]（德

1　英语，意为"你不要被电线绊倒了"。
2　意为"你不要"。
3　意为"绊倒"。
4　意为"关于"。
5　意为"线"。

语），这样就成了：Tu'nicht tréb über èth hé zwirn.

光把英语语句的意思翻译成另一种语言是不够的。要想真正摧毁母语，就要抵达语词的内心，在那里植入一种别样的音乐。

小心台阶

当我们一行字也写不出来的时候，会有一股绝望的力量推动我们去重新翻阅那些曾经读过的书，仿佛在那里能找到解药，或者说是得到拯救。就在这样的时候，我打开了我的那本法文版 *À la recherche du temps perdu*[1]。我第一次打开这本书是好些年前，在蓬皮杜图书馆。当时我坚信，学好法语的唯一方法就是读那些用法语写作的作家；我相信，读不懂不要紧，因为语言会缓慢地渗

1 《追忆逝水年华》，马塞尔·普鲁斯特的名著。

入意识中，需要的只是持久的耐心、一本笔记本，以及一部《罗伯特法语词典》——坚决不要双语对照词典——用来查找那些再怎么努力也没法破解的词。

当时我对法语几乎一窍不通，会花上好几个小时读解一个文段，想象那些词可能的意思: bougie, quatour, écailles——当时我在这些词语下面画了横线，今天还能看到。Écailles 一定是楼梯的意思；那么，"pesait comme des écailles sur mes yeux" 就是 "它们像楼梯一样压在我眼皮上"，事实上，后来我才知道，这句话正确的意思是 "它们像鳞片一样压在我眼皮上"。有的词语紧守自己的界限，有的词语则会溢出自己的边界。我们不解其意而只能凭直觉猜测的外语词汇，将它含义的所有可能倾泻而出。

我带着某种伤感重温了这本书的一些段落。我知道，一门语言一经学会，就不会再是一段阶梯，而会永远成为压在嘴唇上的一块沉重的鳞片。副动词 en train de[1] 再也不会像一列火车那样穿行过某些读出或者听到的词句，因为它已经在某一时刻永远成为了一个动词时态。

MIND THE GAP[2]

我们在某个句子说到一半时往往会停在这样的一刻，陷入沉默之中：我要说的是……这个怎么说？这是一个方方正正的木头门框，有时候是出口，有时候是入口。入口，在英语里是 threshold，在法语里是 seuil。What is the word？[3]

在与我的住处几个街区之隔的地方，有一座已经坍塌的楼房：一座陵寝，安葬着电视机、行李箱、电话机、

---

1 法语，意为"存在"。
2 英语，意为"当心空隙"，地铁广播会提醒乘客上下车时注意车厢和站台之间的空隙。
3 英语，意为"该怎么说呢？"。

书本、报纸、布娃娃和家庭。废墟对面那座楼的老保安
很肯定地告诉我，原先矗立的那座大楼不止五层，很现
代的房子，1985年地震前刚刚建好的。现在，这堆废墟
不到七米高，上面躺着一面墨西哥国旗，几只猫，几张
政治宣传海报，一个稻草人和两条狗：一只叫彭恰杜拉，
另一只叫洛佩兹·奥布拉多[1]。还有一块固定在两根金属
杆之间的字牌："我们正在"，接下来的那个词被抹去了，
也许是故意的。

　　我们正在失去这些那些。我们不断地把死皮的碎片
丢在人行道上，把死去的词语丢在桌上；我们忘掉曾经
熟悉的街道和油墨印出的字句。城市就像我们的身体，
像语言，处于不断毁灭的过程之中。然而，这种地震式
的持续威胁也是我们唯一不会失去的东西：只有这样的
一个场景——废墟之上的废墟的景观——迫使我们去寻
找那些最终的东西；只有这样才使得深挖语言、找到那

1　洛佩兹·奥布拉多（López Obrador，1953—　　），墨西哥左翼政治家，
　曾两度参选墨西哥总统。

个确切的词显得必要。在这样的一个景观中，乔治·斯坦纳[1]写道："头脑出来漫步，拖着沉重的双脚，如同乞丐一般寻找那些还未被完全吞没的词语，那些在时代的谎言氛围中仍然保留着一点其秘密生命的词语。"

作家在他自己的语言中感到不自在时，就把鳞片变成楼梯。他会爬到他的语言的顶端，从内部穿透它，像一个平衡技巧演员那样在屋顶上行走。

危险十字路口

一个伟大的作家"是一个挖掘存在从而扩充存在、使之更丰富的破坏者"，E. M. 齐奥朗[2]在评论萨缪尔·贝克特时这样写道。这个语言的破坏者躺在几天之后载着

1　乔治·斯坦纳（George Steiner，1929—　），美国著名作家、文学批评家。

2　齐奥朗（E. M. Cioran，1911—1995），罗马尼亚作家、哲学家，大部分作品用法文发表。

他离世而去的病床上，拿起笔穿凿纸页：

comment dire[1]—

comment dire

接着，就好比是透过一个缺口看到纸页反面的亮光，看到那个对他来说永远是外语的语言的另一面，他又用英语写下：

what is the word—

what is the word

斯坦纳说，贝克特"是一个失根者，在各个不同的地方都感到仿佛是在自己家里"。贝克特是他自己的译者，他所居住其中的语言是一个介于一地与另一地之间、内

---

1 法语，意为"该怎么说呢？"。

与外之间的过渡空间：一个门框。

"Comment dire？"。或许赫拉西姆·卢卡在即将从圣路易岛的一座桥上跳进塞纳河的瞬间，心里念叨着的也是同样的话。他已经在法国度过了几乎整整一生，三十年，或者四十年，都一样。这位诗人早已在恐惧的驱使下远离了罗马尼亚，远离了罗马尼亚语，同样的恐惧也在那短暂的 20 世纪将许许多多的人驱离了他们的祖国和他们的家园。卢卡写起了结巴诗，诗中充满空白。他住进了一个异邦的语言里，把这门语言带到了它句法的界限之外，带到了语法的另一边。他的诗作 *Passionément*[1] 是这样开头的：

　　pas pas paspaspas pas

　　pasppas ppas pas paspas

　　le pas pas le faux pas le pas

---

1 法语，意为"热切地"。

paspaspas le pas le mau

le mauve le mauvais pas

接下来:

je je t'aime

je t'aime je t'ai je

t'aime aime aime je t'aime

passionné é aime je

t'aime passioném

je t'aime

passionnément aimante je

t'aime je t'aime passionnément

je t'ai je t'aime passionné né

je t'aime passionné

je t'aime passionnément je t'aime

je t'aime passio passionnément[1]

赫拉西姆·卢卡在跳入水中之前，他那倚在桥栏上的八十岁身体颤抖了没有？他是不是结结巴巴地说了些什么，就像刚才那最后一行诗，撞到了 passio 然后栽倒——passionément？这首诗从一个 faux pas（一脚踏空）开始，接下来的一切都是坠落——坠往何处？"当一个语言达到如此紧张的程度，"德勒兹写道，"开始口

---

1 这首法文诗穿插着许多没有实际意义的音节，读起来如口吃者的言语，字面意思是：

> 踏空的一步
> 您要在教皇的爸爸的烟斗上撒一大泡尿
> 不要支配您的消极热情
> 很遗憾
> 不要削弱您的热情
> 不要减少您份额里的炖菜
> 吞掉炖菜
> 显微照相照下您的爱好
> 这些跳舞的小虱子
> 唾弃您的国家
> 他从雪中出生
> 我热切地爱着你

——张璐译。

吃，开始嘟嘟囔囔，开始摇摇欲坠……此时，语言就整体达到了自身的界限，这界限标志着它的外在，迫使它直面静默。"卢卡的诗就是语言的坠落，坠向这种静默。那最后一行应当理解为水下发出的一声呼号。

赫拉西姆·卢卡是 1994 年 2 月 9 日跳进塞纳河的。玛丽桥——塞纳河上的一根松松垮垮的绳索——成了这个口吃者最后的依靠。在那结束生命的一跳之后——what is the word？——剩下的只有静默。他的尸体一个月后才被发现，已经远离了圣路易岛。

卸货区

维特根斯坦把语言想象为一座处在永远建造中的巨大城市。和城市一样，语言也拥有现代化社区、翻新改造区、古老街区；也有桥、地下通道、摩天大楼、大街和狭窄安静的小巷。维特根斯坦的比喻固然很诱人，但是，在这里，情况就大不一样了：在这里，语言和城市是一个地震波的永恒回音。

我听到外面的工人在说：

"从这里到这里，我们全部砸掉。"

"那么砸出来的碎石块儿堆哪儿呢？"

"堆这儿吧，这里。我们先把它堆起来，然后再说。"

空地

VII

RELINGOS

没有别的东西比这些更清晰地与"城市"这个词联系在一起：瓦砾堆，裸露的墙体，以及可以从中望见天空的窗洞。

——W.G. 塞巴尔德[1]

1　W. G. 塞巴尔德（W. G. Sebald，1944—2001），德国作家，曾执教于英国东英吉利大学。主要作品有《土星之环》《奥斯特利茨》等。

暂停施工

改革大道气势宏伟，曾为一个作为帝京的墨西哥城充当门面，那个墨西哥帝国今天自然是不存在了。[1] 在改革大道上有一块四方形空地，那里过去有一些东西，有几个小广场，现在只剩下空洞的存在，仿佛是有着完美庄严笑容的改革女神，如今嘴里缺了几颗牙。或许上帝知道——也许萨尔瓦多·诺沃也知道——在这些空荡荡的区域里，在这些已经沦为一个伟大过去的回忆断片的地方，曾经有过些什么。

在改革大道、伊达尔戈大街和北 1 号干道交叉的十

1　此指 1864 年至 1867 年的墨西哥第二帝国，国君为来自哈布斯堡家族的马西米连诺一世。

字路口的几个边角，差不多挨着地铁，就在这个巨型十字路口的周边，有这么一块空置地带，在这废弃的空间里永远来去穿行着流动摊贩的帆布帐篷、游客、送货员、年纪轻轻的扒手、穷苦人、闲逛者和尘土。

市政事故——如果可以用这样一个名称的话——发生在六十年代改革大道扩建的时候。因为新的规划，道路拓宽，这块区域的好多楼房被相继拆除。新的街道与城市原有的方块形格局斜向相交，有一些方形地块就成了三角形或是不规则四边形，而在这些地块上又不可能再建新的楼房，这些保留了柏油和铺路石、对于改革大道来说是"多余"的不规则区域就闲置了下来，好似一套拼图玩具中多出来的拼块。现在没有人记得这些城市碎片的由来和规划用途了，同时，既没有人敢完全放弃它们，也没有人敢充分利用它们。

墨西哥国立自治大学的一个由卡洛斯·冈萨雷斯·罗沃领衔的建筑师团队给这些空间、这些市政建设的残余起了一个名字: relingo。我不能确定这个词是从哪里来的。我想它可能和 realenga 有关，西班牙人曾以此来指称停用的或废弃的属于王室的边角料土地。（词语的命运真是神奇，现在，在某些拉丁美洲国家，realenga 被用来指称没有主人的动物，在另一些国家，这个词则是"游手好闲"的近义词。）

在建筑史方面我不是专家，但我可以比较有把握地说，relingo 是另一个概念的墨西哥城版本，这个概念是加泰罗尼亚建筑师伊格纳西·德索拉－莫拉雷斯提出的，叫作 terraine vague[1]。和 relingo 一样，terraine vague 是一种界限暧昧的城市空间，一块没有明确边界、没有隔断的荒地，一种处于都市生活边缘的土地，虽然它可能在物理意义上位于城市的正中心，位于两条主干道的交叉地带，或是位于一座刚建好的桥梁底下。

从地铁伊达尔戈站离圣达太教堂最近的一个口出来——这个口就在一座瓜达卢佩圣母祭坛后面，祭坛上

---

1 加泰罗尼亚语，意为"不明确的地域"。

展示着一块花砖，在这面砖上出现过一块水印，恰好就是墨西哥全民之母[1]的形象——能看到一块三角形的小广场。在广场中央有一座向墨西哥新闻工作者致敬的喷泉，汩汩吐出灰白的水流，住在附近的穷人会带着香皂和毛巾来到这里，在弗朗西斯科·萨尔科[2]的雕像下擦擦脸、洗洗身子。到了下午的某个时刻，小广场会变成一个临时足球场；每逢礼拜天中午，刚刚参加过圣达太护佑失聪者弥撒的聋哑人们会在这里聚会谈天。

有一个叫何塞·阿莫苏鲁蒂亚的年轻建筑师曾为这块relingo设计过一个"聋哑人劳动者之家"。他给我看过图纸，这个空间将成为圣伊波利托聋哑人联合会和"手语"聋哑人剧团的所在地。这样一来，参加圣达太弥撒的聋哑人们就可以无限延长他们礼拜天的茶话会了。可是直到今天，"聋哑人劳动者之家"还只是一个方案；并且很有可能的是，一家新的超市或者电信营业厅会捷足先登

---

1 即指瓜达卢佩圣母。

2 弗朗西斯科·萨尔科（Francisco Zarco，1829—1869），墨西哥记者，自由改革派政治家。

占据这块地盘。有太多的美好愿望就是这么破灭的。

违停拖车处理

罗兰·巴特说，建筑应当既是一个不可能之事的映射，又是一个功能性秩序的付诸实践。他在那篇关于埃菲尔铁塔的散文中提到，1881年，就在那座巨型铁架开工建设之前，战神广场还是空空如也的时候，一位法国建筑师想象了一座建在广场上的"太阳塔"。根据这位建筑师的描述，塔上会设置一团巨大的篝火，火光将经由一套复杂的镜面系统照亮巴黎全城。在铁塔的最高层，在这个大铁灯的顶上，会开辟一个空间，专供城市里的残障人士在此呼吸巴黎的纯净空气。

尽管"太阳塔"的描述缺乏一些更具体的细节——比如，肯定有人要问，那些反射火光的镜子是放置在城市周边还是塔身上，残障人士怎样才能抵达建筑的最顶层，到了那里以后又该怎样避免被烤焦——这个方案本身在建筑学意义上是完美的：一个精神错乱的、半功能性的梦。不管怎么说，对于我这样一个没有能力构思三维空间的人来说，想到这些就令我兴奋不已：还是有人关注到荒废的空间并且构想其细节的——或是一座供聋哑人演出《麦克白》的楼房，或是让巴黎的残障人士靠近巨型篝火烤暖双手的塔顶。

空间可以在时间流逝之后继续存在，正如一个人可以在死后继续存在——在回忆与想象的紧密联合中继续存在。只要我们继续思念着那些地方，继续想象着那些地方，它们就还在；只要我们忆起它们，忆起自己曾在那里，忆起自己在那里展开过的想象，它们就都还在。

此处不提供问讯服务

我认为 relingo 并不仅限于指外部空间。在原来的圣伊波利托医院——"美洲第一家治疗疯病的医院，由贝纳尔多·阿尔瓦雷斯建于1577年"，现在成了"波西米亚人客店"酒吧的地盘——附近，原先米盖尔·德·塞万提斯图书馆所在的那栋楼仍然矗立在那里。两个警卫看守着大门：其中一个瘦瘦高高，面容忧郁，一副堂吉诃德的模样；另一个则矮矮胖胖，长着扁平的鼻子。

我不想断言说墨西哥人的性格是这样还是那样的；如果说有什么东西我是完全回避的，那就是我的同胞们的性格；如果说有什么东西我是没有兴趣的，那就是试着给墨西哥人的性格下一个定义。可是，在墨西哥城，每次我来到一个有点儿官方色彩的地方，就会有人问我类似"是谁派您来的"这样的问题，我想这不能算是巧合。要是回答说我不是哪个人派来的，没有任何人推荐我来，我也不是来找哪个人的，就是在散步，散步散到这边来的，想看看这栋房子的天顶——就是想看看而已！——这些负责看守这座城市官方天堂入口的蓝衣天使们就会显露出一副迷惑不解的样子。

不过，我还是足够有耐心，那两个塞万提斯的门卫最终还是放我进去了，好吧，您规规矩矩点儿就行。老图书馆的内部已成废墟。没有任何曾经的藏书留下的印迹——只在表皮脱落的墙壁上还牢牢吸附着几个钉子，显示这里曾固定着书架。但是，空气里还是有某种我说不出来的书的味道：厚重的氛围，油墨漫溢的气味，硬皮封套包装的思想。

曾经的图书馆现在成了一个小小的、按我的理解并不算很官方的壁画修复工作室。图书馆二楼摆放着六到七张长桌，在上面奄奄一息地平躺着一幅壁画的多个部分，那是拉蒙·阿尔瓦·德拉卡纳尔作于三十年代的"书写的诞生"。

一个矮小、近视、看上去警惕性很高的男子（修复室的主任）看到我在一个门卫的陪伴下跨过门槛，就走过来撵我出去。我身边的守护天使赶忙向他解释我的善意：这位小姐说她是来看您的。

壁画的每一个部分都记录了人类书写史的不同时

刻。起初的图像是简单的，几乎是温柔的，某个岩洞的洞壁上颤颤巍巍的最初几根笔画，到最后则是讴歌现代新闻工业的巨响主义[1]风格的颂歌。在一座已经没有一本书的图书馆里修复这幅名为"书写的诞生"的壁画，想来真有点讽刺意味。残破空虚的图书馆里，躺着同样残破的壁画，这样的一幅图像或许应该构成这件壁画作品原本没有的第七节，如此就完整了：

1. 岩画

2. 楔形文字

3. 莎草纸和象形文字

4. 字母表

5. 约翰·古腾堡

6. 现代印刷术

7. 图书馆和书店的没落

1　巨响主义（Estridentismo）是 1921 年兴起于墨西哥城的先锋派艺术运动。

求购图书馆

常有人把城市比作语言：城市是可以被阅读的，就像阅读一本书一样。这个比喻也可以倒转过来。我们在阅读中的散步勾勒出我们内心的居住空间。有些文本永远是我们的死胡同；有些文段则是桥梁。T.S. 艾略特：一株在倒塌楼房的废墟中生长的植物："它的根部是什么样子的？从废墟中 / 冒出什么样的枝杈？"萨尔瓦多·诺沃：一条变成高速公路的散步道；托马斯·塞戈维亚：一条林荫道，深吸的一口气；罗贝托·波拉尼奥：一个屋顶平台；伊莎贝尔·阿连德：一个购物中心（魔幻现实的）；德勒兹：一次上升；德里达：一次下沉；罗伯特·瓦尔泽：墙上的一道裂缝，可以由此穿越到另一边；波德莱尔：一间等候室；汉娜·阿伦特：一座高塔，一个阿基米德支点；海德格尔：一条死胡同；本雅明：一条单向道，供人逆向行走。一切我们没有读过的书：一块 relingo：城市中心的一处空缺。

包售后维修

修复：给时间钻头在任何一个平面上留下的空间进行化妆。写作是一个反向的修复过程。修复工作者在一个平面上填补空白，那个平面上有一个差不多已完成的图像；作家则相反，是从裂缝和空白处开始工作。在这方面，建筑师与作家类似。写作：把 relingo 填满。

不，写作不是填补空白（在荒地上建一栋房子同样也不一定算是填补空白）。也许阿莱杭德罗·桑布拉 [1] 的盆栽形象更为贴切："作家是不断抹去东西的人……裁切、修剪：找到一个已经在那里的形式。"

可是，词语不是植物，而且无论如何，花园是为真

1　阿莱杭德罗·桑布拉（Alejandro Zambra，1975—　），智利作家，代表作之一为小说《盆栽》（*Bonsái*）。

正有诗心的诗人准备的：心中有花园的诗人。散文则适于拥有瓦工精神的人。

写作：在墙上钻孔，敲碎窗户，炸毁楼房。深挖地洞，找寻——找寻什么？找寻空无。

作家是配送沉默和虚无的人。

写作：给阅读制造空洞。

写作：制造 relingo。

搬家：回到书

VIII

MUDANZAS: VOLVER A LOS LIBROS

租房

有些人把参观空置的不动产这项无聊至极的活动变成了真正的艺术。他们在城市中漫步，参观待租中的没有家具、残破不堪的公寓或平房，然后回到自己家中——那都是居住条件极佳、肯定也更为美观的房子——想象着如何在另一个空荡荡的房子里重新摆放自己的钢琴、书桌和书架。"东西，东西，还有更多的东西，"罗伯特·克里利[1]这样抱怨，"却没有一处可以安放身心的地方。"

空虚的地方能让我们产生一种既刺激又茫然的幻

---

[1] 罗伯特·克里利（Robert Creeley，1926—2005），美国诗人。

觉。目光——不过是脑的一个延伸，脑的一只手——不断填补着虚无的空间，乐在其中。也许，这种填补空缺、将不完整补充完整的倾向，是人类心灵的一个缺陷。也许海德格尔的粉丝会说，这是一种根深蒂固、不可改变的实体性质的本体表达：转动眼球的游戏和填补空缺的智力消遣表达了对真空的恐惧。不管怎么说，我不能宣布自己没这毛病。尽管我讨厌搬家，空荡荡的公寓房常让我心情抑郁，我也在用想象填满空缺时感受到了愉悦。

原材料

　　书架上的书必须立即分类排放整齐，而这件事情我已经拖延了几个星期。我在公寓房里唯一的一把椅子上坐下，把双脚放在一个上面写着"厨房用品"的箱子上，开始端详那几个空空的书架。

可置换

醒来时，我发现自己的面孔已经不再完整。搬家时，我的脸上发生了些什么。仿佛是在大大小小的箱子中，我的发际线消失了；仿佛是在漫天尘灰中，我下巴的曲线模糊了。刷牙时，我在浴室镜子里仔细研究自己，努力把鼻子和眉心联系起来看，把右眼和它无法医治的黑眼圈联系起来，右边的黑眼圈总是比左边的黑眼圈更黑：我的脸上布满缺陷。

桌上一杯咖啡，一份报纸：我在前天的新闻中跳跃。我点了根烟，翻到文化版。在一篇关于利希滕贝格[1]的格言的短文和一篇采访翁贝托·埃科的糟糕透顶的访谈——《巴别利亚》[2]永无尽头的危机时代——之间，我发现了玛格丽特·杜拉斯最后的肖像。今天的我酷似杜

1　利希滕贝格（Georg Christoph Lichtenberg，1742—1799），德国作家，有《格言集》传世。

2　《巴别利亚》（*Babelia*）是西班牙《国家报》文化副刊的名字。

拉斯最后的肖像。

我用厨房剪刀剪下了这张照片，把它夹在一本笔记本里：也许在将来的某个时刻它会派上用场，尽管更多的可能是我把它永远忘在那里。做一个既没有方法也没有最终目标的剪报收藏家的坏处是，我们的抽屉和我们的笔记本会变得和我们越来越相似，成为一个杂乱的拼贴而不是一个有目录的宝物集。要是哪一天我在笔记本或抽屉里摸索时再一次发现了杜拉斯的照片，那纯粹是出于巧合。但到了那时，我就不知道那个眼神和那只紧握钢笔像抓住最后依靠的手是在表达什么了。

24 小时公寓

我在装书的箱子里搜寻玛格丽特·杜拉斯的《写作》；我知道要找到这本书是很难的，然而我又一次放弃了整理书架的打算。我需要一个标准：博尔赫斯是放在阿尔特、坡、史蒂文森还是《一千零一夜》后面？莎士比亚和但丁应当放在同一排吗？很难知道一本书的书名会在后一本书的身上施加多大的重量。或许，比起"有序之无聊"，书更喜欢偶然性，瓦尔特·本雅明在整理他的书房时记道。不管怎么说，最好的发现都来自于偶然。

有一段轶事是广为人知的：形而上学（metafísica）是一个图书管理员的偶然发明。他在拿到亚里士多德的这部经典著作后，不知该怎么摆放。斟酌再三后，他把这些新到的卷本放在了《物理学》之后。为了记住它们所在的位置，他在目录上写下"tá méta tá física"（按字面直译过来就是：物理之后）。按这样的逻辑，哪些书可以构成莎士比亚之后呢？

也许书架上的书是不值得去做分类的。诚然，摆放完好的书站在那里、激发问题，而那些从直立的睡梦中走出去的书则拥有了自己的生命。一本躺在床上的书是一个谨慎的伴侣，一个露水情人；床头柜上的书，是一个对话者；躺椅上的书，是一个午睡枕头；在副驾驶座位上度过一个礼拜的书，是一个忠诚的旅伴。

有一些书被我们遗忘。它们被忘在浴室或是厨房一段时间。当我们的漠视终于吞噬了它们时，它们被另外的书所替换。还有些书以更大的热情呼唤我们。只要重新打开它们，在它们的段落间跳跃即可。我们真正读过的那么一些书，是我们会永远不断重访的地方。

不动产

在一个箱子里仔细摸索过后，我终于在书堆里找到了《写作》，夹在《火》与《漫步》之间。多年以后，我重返玛格丽特·杜拉斯：我害怕重读，担心这一回读不出什么来，担心自己会厌倦，或者更糟的情况——感觉这本书虚伪做作。我打开书，却不去读。我在书页间发现了一张来自我青春时代的火车票："6346 次列车。

特里凡得琅中央车站至维多利亚中央车站。160 卢比，恕不退款。旅途愉快。"[1]

精装修公寓

一本打开的书让一切证据暴露无遗。书页里有我们路经此书时留下的踪迹，我们所有的印迹都在那里，就像做爱完事后的床单。在这些残留物里存在着追忆往昔的可能：注重自身历史性的阅读由此开始。页边的批注，下划横线的句子，页脚的注释，都是重新阅读的起点：在《宛如一部小说》[2] 的第 42 页和第 43 页间，有一板过期了的佩托比斯摩健胃消食片；在《曼哈顿中转站》[3] 里

---

1 原文为英文，特里凡得琅（Trivandrum）为印度南部港口城市。

2 《宛如一部小说》（*Comme un roman*）为法国作家达尼埃尔·佩纳克出版于 1992 年的随笔集。

3 《曼哈顿中转站》（*Manhattan Transfer*）为美国作家多斯·帕索斯出版于 1925 年的小说。

夹着一张来自那座不眠之城的明信片；在《波希米亚之
光》[1]的最后一页，记着一个地址和一个电话号码；我年
少时读过的那本《跳房子》[2]缺了第68章。

"孤独不是本来就在那里的，而是制造出来的。"杜
拉斯写道。这是《写作》上第一个被划了横线的句子。
它最初的震撼带来的回声仍然留存在这里，但我已经说
不出为什么是这句话而不是其他任何一句曾如此强烈地
震撼了我，当时我刚刚开始返回孟买的长途列车之旅。
当时我肯定发现了些什么，但现在已经不记得了。

重读一本书，就像回到我们以为是属于自己的城
市，但事实上我们和这座城已经两相遗忘了。在一座城
市中，在一本书里，我们徒劳地走过曾经走过的道路，
寻找已经不属于我们的怀旧之情。告别过的地方，再也
不是当初的模样。无论如何，我们还是在瓦砾堆中找到

---

1 《波希米亚之光》（*Luces de Bohemia*）为西班牙作家巴耶－因克兰出
　版于1924年的戏剧作品。
2 《跳房子》（*Rayuela*）为阿根廷作家胡里奥·科塔萨尔出版于1963年
　的小说。

了一些物件的残片，它们是记在页边的难懂的批注，我们试图读解它们，努力重新拥有它们。

我对孟买的记忆是碎片式的，转瞬即逝的，几乎是微不足道的。我留住的是一些不可能的图像：有些面孔我只能在二维平面上记住；我把自己视觉化为第三人称，总是穿着同样的衣服——鹦鹉黄色的长裙，一条丝带束住长发——，在同一条街上漫步，我想这条街应该是许多条街叠加而成的。我还知道，有一些记忆是后来的加工：在一场闲聊中雕琢出的幻象，或是在给亲友的书信中以夸张手法给同一段话凿出的不同版本。

词源学家们说，"忆"的原意是"重新带到心间"。然而，心脏不过是一个没有记忆能力、只会抽压血液的器官而已。最好是永远不要回忆任何事情。同样的，最好是像一个健忘的读者那样阅读，暂时忽略结尾，享受行程中的每一个时刻，不去期待已知的最终结果给予的宽恕。回忆，重读：改变回忆：绝妙的炼金术，赋予我们重新创造自己往昔时光的才能。

搬家，送货

所有的书，就像所有的行程一样，只有行进到最后才获得意义。一个故事的最初几页，就像我们开始一趟旅行时迈出的最初几步，不到最终见分晓之前，就不为我们所理解。一张人脸也是一个故事，需要时间；我们慢慢消耗着时间，直至到达终点。

杜拉斯的肖像夹在一本笔记本中间；笔记本放在一个装满书籍、权当桌子使用的箱子上；笔记本上放着一杯喝了一半的咖啡。我把老太太的肖像抽出来仔细研究。今天我像杜拉斯。

我又看自己的脸。我看到了制造我的那许多张脸。这是家族谱系的多个面孔，家族历史的一个个故事写在每一张脸上。这根线条是母亲的愉悦划下的，两个黑眼圈酷似我父亲疲惫的面容，父母二人共同在我的脸上刻下一道专注的眉心。嘴唇的一个曲度，是某一位祖母的失误；某一时刻的眼神，再现了某一位祖父侨居海外的

130

孤独；某一个神情是我姑姑精神病早期的模样。可是，这张脸，就像所有的脸一样，不止是诸多印迹的集合；它也是一张未来面孔的草图。皮肤的可变材质还没有完成它的工作，皮肤的褶皱揭示了一个方向：不确定的、却已然在眼前的未来。正如雕刻家手中的材料从一开始就暗示出成品之后的造型，一张脸也暗含着它未来的模样。我在自己年轻的脸上已经推断出第一条皱纹的走向，这是第一个冷漠的微笑：一个故事的线条，这个故事我要以后才会明白。

别的房间

IX

OTROS CUARTOS

XI

空间不过是一个"恐怖的进去—出来"。

　　　　　　　　　　　　　　　　　——加斯东·巴什拉[1]

1　加斯东·巴什拉（Gaston Bachelard，1884—1962），法国哲学家，著
　　有《空间的诗学》。

一号

学校里的宿舍楼是世纪初的伪现代化建筑，配备了霓虹灯以缩减成本并有助于缓解楼中居住者的抑郁情绪。一些楼的很多窗户正对着另一些楼的很多窗户，在窗下不知疲倦地用功着的是未来的企业家和诺贝尔奖获得者。与此同时，像我这样的另外一些人则眯起眼睛思索这些人的生活。这是一种完美塑造出世界上的职业和职责分工的制度：一些人行动，另一些人观看；一些人在股市上赢利，另一些人则干什么都失败。

二号

大学宿舍楼里并没有什么了不起的东西。比如说，没有那种大得可以让风景强势入侵的窗户：要看到别人家的房间，看到别人可能的孤独，就得把头伸出去，把脖子拉长。在这里，一扇窗户并不像奥克塔维奥·帕斯曾带着些许做作的口吻说过的"一块带有磁力的平面，吸引着呼唤和回应"，在这里，一扇窗户就是一个呼唤，如此而已。

夜晚，千家万户的灯火点亮的时候，窗户映出了房屋内部的景象，而不是把另一边的黑暗照亮。这样一来，每当屋中人离开书桌去洗手间或者给自己再倒杯咖啡的时候，他就不能不在窗户中看到自己的映像。"幸福就是意识到自己的存在，不带恐惧。"瓦尔特·本雅明的这句话如果是正确的，上述的情境该是多美好啊，然而没有人体会到这一点。

最有可能的是，人在窗户里能看到自己的映像，而几乎从来看不到窗户外部，是一种用来伪造私密性的建筑策略。在城市里，地平线，特别是夜晚的地平线，就是窗户与别人家房间的叠加，这是一个持续发出的邀请，引诱人探出头去窥伺别人的生活，而这和一个人可以获得的幸福与不幸福的恰当剂量的平衡有关。窥探别人家的窗户包含了想象更好的生活、更幸福的存在的可能——事实上，正是因为有比较，别人幸福才是自己不幸福的主要原因。

然而，尽管建筑学做出了如此值得赞颂的努力，在这里，私密性仍然只不过是一个转瞬即逝的幻想，很容易落入陷阱：我自己就曾花上几个小时窥探我的邻居们，只要他们屋里开着灯，而我房里不开灯，他们就只能看到自己的映像。同样的，当我打开自己屋里灯的时候，我肯定就成为了住我对面那个胖单身汉的窥视目标，他总是在我打开客厅灯的时候熄掉他厨房的灯光。不过，我的邻居们的生活和我的生活是一样乏味的，所以，那些能投射倒影的窗户能不能给我们提供私密性，无所谓：大家都拥有个人电脑，所以我对面邻居的生活中永远也不会发生任何事。

今天我们都确切地知道，个人电脑对于窥探别人私生活的癖好来说不啻为巨大的冲击。自从一个独居者的书桌上安放了这样一台机器，不仅是他的个性开始了一个不可逆的退化过程，对于喜欢窥视的邻居来说，此人干点儿什么有趣事情的可能性也消失了。自从有了"脸书"以后，一个人在自家客厅里犯罪或者碰上点风流韵事（美妙、甜蜜、迅速结束）也不再有可能了。现在，防不住秘密的窗户已经不存在了，因为一切都发生在那些更小的windows[1] 里面，它们是电脑屏幕严守秘密的密闭窗户。

三号

大学校园区是一个完美的正方形。在贴近校园的那

1　英文，既指窗户，也指微软公司的"视窗"操作系统。

些马路上，一切都在奔流不息，没有什么汇集到同一个点上去。几乎没有一个可以随意碰面相聚的地方——或许只有楼房地下室的机房除外，那里有洗衣机。然而，这些类似但丁笔下的地狱般的机房几乎总是空无一人，如果在那里偶尔碰见一个学生或是一个心不在焉的老师，你得想方设法避免和人家说上话，因为谈话的话题两分钟就能讨论完，然后你就不得不说一些你不想说的话，只是为了消磨洗毛巾的时间。八十多年前，希尔维托·欧文[1]也曾在美国生活，他解释说："美国佬的缺点就是不具备说别人坏话的能力。"他说得没错。和美国邻居是不可能展开一次有趣的、哪怕至少是有点儿意思的对话的，因为他们没有能力说别的邻居的坏话。

所以，如果你想过得舒心的话，最好就是尽量避免和学人们交换目光，一个字也不说，更不用说交换电话号码了；最多是友善地笑笑——不过既然一个人的友善

1　希尔维托·欧文（Gilberto Owen，1904—1952），墨西哥诗人，曾任墨西哥政府驻美国外交官。

程度和他的俗气程度成正比，你也不要友善过了头。在
洗衣房里，最好的做法就是专注于打肥皂的沉默仪式。
要是出门上街，最值得推荐的就是带把伞，以便在它圆
拱的庇护下躲开旁人的目光。总之，尽量少与人接触，
多关注自己的事情，个人出行时多加谨慎。

四号

　　有一个元素能给这个处于完美和谐中的制度搅起波
澜：上夜班的老门卫。这些人引起我强烈的好奇心，激
起我无法抑制的与人沟通的欲望。W. G. 塞巴尔德说过，
移民是那些不管去哪里都一心追寻自己目标的人。门
卫——特别是值夜班的门卫，他们是最古怪的人，不在
阳光下抛头露面的人——往往就是某种类型的移民。而
我的目标就是寻找这些在夜间活动的移民，他们才真正
是吸引着问题和回应的带有磁力的平面。

　　和这座楼里的其他人不同，值夜班的门卫没有电脑，并且能说别人的坏话，不管对面坐着的是谁，只要对方肯洗耳恭听就行——必须指出的是，这最后一点是难能可贵的：只有在听一个人说另一个人坏话的时候，我们才对自己了解得最多。

　　此外，我楼里的夜班门卫还喜欢抽卷烟，这样的人快要绝种了。在我享受一天当中最后一支烟那短暂的十分钟里，我和他建立了友谊。只有夜班门卫才是真正的自由思想家，这些慷慨之士能在天将破晓时和你展开一场精彩的谈话，他们是能让你心有戚戚的同谋，在他们与你共度的时光里，你可以尽享那些该受谴责却又是你坚定捍卫、引以为豪的恶癖，感到轻松愉悦。

　　你要做的是——深夜里，我从图书馆拖着疲倦的身躯回来，和门卫一起坐在宿舍楼的台阶上打着冷战抽着烟，他对我说——尽可能地少待在这里。要回来的话就看看书，吃吃东西，不要在宿舍里睡觉，因为一个人住过的地方越多——卧室也好，膳食公寓也好，旅馆也

好，合租房也好，合租床也好，他对自己的内心也就了
解得越多，说不定还更深刻。我们会尝试着深入自己的
内心——他接着说——时不时地在别人家的浴室镜子里
打量自己，用另一种洗发水洗头，或者某个夜晚把脸搁
在别人家的枕头上。我们都得试一试某种程度上的住房
多妻制，尽可能多地睡在不属于自己的床上，这样我们
才能真正响应那个古老的召唤：认识你自己[1]。你不是学
哲学的么？——他经常问我这个问题。差不多算是吧，
我回他道。

五号

　　常有人说，现代性始于向内心深渊的纵身一跃，以
及随之而来的横亘于个人空间与公共空间之间的鸿沟。
可是在今天，要想真正地响应德尔斐神庙的那个召唤，

1　"认识你自己"，古希腊格言，据说曾刻在德尔斐神庙前的石碑上。

向内回撤已是不适宜的做法了。不能往自己家的内部回撤——在我们的家里，特别是在独居者的家里，不断扩张的谷歌帝国窥视着我们，我们所有的相距千里的熟人都借此以幽灵般的方式包围着、陪伴着我们——更不能往我们的内心深处回撤。

当水手以实玛利开始感到难以抑制的欲望，想用伞尖或拐杖头挑落路人的帽子时，他知道自己应当出海了。当莫比·迪克获得了比我自身还坚实的存在时，我知道我该出门去走走了。[1] 有人说："家门外的世界更精彩。"世界已经敲响我的家门了。于是，我来到街上。但是，在街上还是不能跟自己相处。虽然埃德加·爱伦·坡早就发出智慧的提醒——没有比置身人群中更为孤独的时候，但体味孤独和跟自己相处并不是一回事。

在我们生活的世界上，作为公共空间的街头与作为最佳私人空间的家之间已经发生了错位，在这一转换

---

1 以实玛利和莫比·迪克都来自美国作家赫尔曼·梅尔维尔的小说《白鲸》，莫比·迪克是一头白色抹香鲸的名字。

中，很难弄清楚什么时候我们真正"在里面"，什么时候真正"在外面"。我这么说是不带一丝怀旧之情的。既然在大街上我们不能和孤独产生心灵的默契，在自己家里也不能和自己相处，即使电脑的窗户不断呼唤着我们本已残缺不全的注意力，即使邻居们终于搬进了我们头脑中的后院——对面的那个胖单身汉又打开了他的冰箱，八楼的女孩穿上了她的高跟鞋，另一个女孩还在日光灯下埋头学习——，我们只能在别人家的空间里找到自己那微小的、飞速逃逸的内心。

六号

　　门卫主宰着这个世界上最美妙的空间。他是卫兵，是最后的刻耳柏洛斯[1]，或是站立在楼房大门口，或是坐

1　希腊神话中守卫冥府之门的三头猛犬。

在前台的椅子上，守卫着公共世界和私人世界之间不确定的边界。只有在那个作为分界线的门厅里，在门卫的庇护下，我们才能免受那种容易引起幽闭恐惧症的内外之分的迫害。如果说今天还存在着一种为边缘人的智慧所照亮的目光，那就是门卫的目光。尽管我还没有完全弄懂，为什么一个夜里不睡觉的老门卫会劝我借别人的房间住、在远离自家的旅馆里过夜，我凭直觉认为，他说的完全正确。

我已经好多次尝试过按他说的去做：有必要在别的房间里继续生活，我不断地提醒自己。你要更多地在别人家的浴室镜子里看自己——他告诫我说。我俩都把各自手中的烟头掐灭，进到楼里时，他端坐到前台的写字桌前，宛如一尊斯芬克斯雕像，而我此时本应搭乘地铁去往任何一个别处、睡进任何一个别的房间，却还是搭乘电梯上了七楼。

假证件：公民身份

蔬菜和水果因季节而变样；鱼则是什么时候都一样的。

—— E. V. 卢卡斯 [1]

起初，我疯狂地恋上了威尼斯；现在我想我是永远爱她的，不过我会来一场权宜婚姻……

—— 鲁文·达里奥 [2]

1　E. V. 卢卡斯（E. V. Lucas，1868—1938），英国散文作家。
2　鲁文·达里奥（Rubén Darío，1867—1916），尼加拉瓜诗人，对 20 世纪西班牙语诗歌有着深刻影响。

卡尔洛·诺尔迪奥（1887—1957）

"我只求上帝可怜可怜我这无神论者的灵魂。"米盖尔·德乌纳穆诺[1]广为人知的墓志铭是这么说的。有的人一生成果颇丰，在盖棺之后的定论中得到了某种意义上的救赎。其他人就要好好思虑一下，既然我们没给这个世界留下什么东西，写在我们墓碑上的判决书可不能太难看；要不然，我们就继续和地面十米之下的乌纳穆诺一起做形而上学的妄想："我不想死，不；我不想死，想都不要想；我想永远活着，永远永远，我要活着，这个可怜的我，现在、此地感受到自己存在的我。"

1　米盖尔·德乌纳穆诺（Miguel de Unamuno，1864—1936），西班牙哲学家、作家。

我本来并不关心这个问题，但一次经历让我改变了想法。那个星期天，我约人见面，到早了，就在墨西哥城的中心地带闲逛，误打误撞地步入一座墓园，我本还以为是一个花园呢。这不是一个普通的陵园，而是埋葬着华雷斯[1]、米拉蒙[2]、科蒙福特[3]、格莱罗[4]、萨拉戈萨[5]等一众民族英雄的地方。我随身带了一本书，只想找个僻静的地方坐下来看看书，一边等到约定的时间。入口处的警卫，就像这座城市里所有官方区域门口的警卫一样，来到我面前进行盘问。我没有什么特别的目的，我对他说，我只想在这里找个地方坐下来看书。他说，圣费尔南多陵园不是图书馆，不过如果我想看看"美洲伟

1　华雷斯（Benito Juárez，1806—1872），律师出身的政治家，曾任墨西哥总统。
2　米拉蒙（Miguel Miramón，1832—1867），保守派将军，曾任墨西哥总统。
3　科蒙福特（Ignacio Comonfort，1812—1863），军人、政治家，参加过美墨战争，曾任墨西哥总统。
4　格莱罗（Vicente Guerrero，1782—1831），墨西哥独立战争中的起义军领导人之一。
5　萨拉戈萨（Ignacio Zaragoza，1829—1862），墨西哥名将，曾在墨西哥抵抗法国侵略军的战争中立下战功。

人"[1]的墓地，那就得登记一下我的名字、入园时间、日期并签字，说着他递给我一本笔记本。"完了之后再写一下您离开的时间。"他对我说。

我就这样进了陵园，心情不错，有一种学童旷课出来闲逛的感觉。在重访过那些缔造了伟大祖国的英灵之墓后，我找到一个幽静的角落，打开我的书。或许是阅读的时候走了一会儿神，我抬眼看到面前的那块墓碑上的铭文："华金·拉米雷斯（1834—1866），艺术英才，风华正茂，挥别此世，赴其乐土。"地狱就这样判定了一个人的命运，我想不出有比这更优雅同时又更残忍的方式了。我满怀恐惧地想象32岁的自己将来会怎样，可怜的拉米雷斯正是在我现在这个年纪去世的，要是我过不了多久也去了，我的家人会在我的墓碑上写什么呢？

当时，我刚刚去意大利出了一趟长差，在那里做了一些调研工作，准备写一本几乎不可能完成的关于约瑟

1　"美洲伟人"，指华雷斯总统。

夫·布罗茨基在威尼斯的书。我在圣米凯莱墓园拜访了诗人的墓地，看过诗人住过的旅馆和他曾经常去的咖啡馆；采访了他在威尼斯的故交，门卫、侍者、商贩，甚至还找到了帕斯捷尔纳克的一个女亲戚，她答应我会把这两个俄国人之间的通信拿给我看，结果，要么是她力所不能及，要么是改了主意，最后只是和我喝了一回咖啡，进行了一场还算不错的对话。结束了那趟行程之后，我发誓再也不读并且再也不写关于威尼斯的任何东西了。我坚信，既然没有哪座城市在书本上比它被提得更多，那么也没有什么事情比绞尽脑汁再硬挤出点关于威尼斯的文字更俗不可耐的了。

　　然而，这天在圣费尔南多陵园里，坐在华金·拉米雷斯的墓碑前，我感觉听到了好像是我的意识在死去之后传来的声音，告诉我说，要是我不留下点什么话语和文字的话，我就会重复所有的英年早逝者同样的命运。所以，尽管是出于纯粹的迷信，也可以说是出于对自己写作习惯的忠诚，我明白我得想方设法写点什么，写下自己关于威尼斯的最后几段文字：坟墓中的伟人们，请原谅我把属于诸位的至高无上的威尼斯城夺过来占据片刻。

埃内阿·甘多尔菲（1907—1943）

如果一个稍微有点智商的人多次反复思考身份问题，他或早或晚都能得出相当聪明，甚至是原创性的结论。我从来没有在这类问题上思虑太多：思考两分钟过后我就分心了。因此，我从来没有得出任何关于自己的有趣结论。在大多数情况下，在一个无神论、自由主义、关心政治却又不加入任何党派的家庭里成长，后果是毁灭性的，虽然看上去还不至于那么糟。在成长的过程中没有一个宗教信仰、政治信仰或精神信仰的死板教条的背景，意味着成年后很难经历一次真正的精神危机。如果一个人在 12 岁的时候就不假思索地被动宣称自己是不可知论者，自此之后不再询问自己那些重大的、据说是非常严肃的主题，诸如上帝、死亡、爱情、失败或是恐惧，那么这个人就没有一个可能的未来了。对于一个早熟的不可知论者来说，怀疑主义赋予他的优势会变成一双可怕的大手，扼杀掉那本就难能可贵的拷问自己、穷根问底的能力。而那些在成长中一直相信某种东西的聪明人，到了一定的年纪后，才会发现自己原本相信的一切都值得怀疑，都应当赤裸裸地暴露在怀疑之下，他们由此才能真正地享受一场深刻的精神危机，这场危机将引领他们走向更高的境界，最不济也能让他们对自己了解得更多一点。"怀疑的魔鬼，"T. S. 艾略特写道，"是和信仰的精神密不可分的。"

不过，很不幸，我从没有享受过重大的身份危机，更不曾在接受民族身份时产生过什么疑虑。虽然我们家在墨西哥从没有过固定住所，而且因为一个来自伦巴第的 nonno[1] 的缘故，我和我的家人一直拥有意大利国籍，

---

1 意大利语，爷爷。

我一直坚信，墨西哥是我的祖国——这不是出于某种真正的信仰，而是因为精神上的懒惰。甚至在我小时候，每年的9月15日，家里人都要给我穿上普埃布拉中国姑娘的特色裙装，[1] 很多墨西哥小朋友都不曾这般打扮过，而我没有做出丝毫反抗，甚至都没有发出一点叛逆的信号（如果我有这样一个儿子，身上没有显露出一点点反叛精神，我会发愁的）。我从幼时起就被动接受了完整的墨西哥身份压缩包，就像许多人不假思索地接受了基督教、伊斯兰教或是婴儿奶粉。

我唯一的一次危机发生在一个夏日的午后，持续了15到20分钟，地点是在墨西哥城的环城高速路上。在前往阿尔塔维斯塔方向的出口处，有一个菱形的小花园，里面花草稀疏，可能是当年建设者们设计了高速路匝道和通往圣安赫尔花市的公路的衔接点后多出来的

1　墨西哥国庆节为每年9月16日，人们一般从9月15日就开始庆祝活动。"普埃布拉中国姑娘"（la china poblana）是源起于墨西哥殖民地时代的一个传说，其主角实为一个被掠至墨西哥的印度女奴，后来"普埃布拉中国姑娘"专用来指墨西哥普埃布拉一地妇女的特色裙装。

地方——或许，从深层的意义上说，这样的地方不是过剩，而是太少。若干年前，不知是出于什么原因，我父亲运作了一下，让人捐献了三棵棕榈树和一点草皮，用来美化一下这块空地。花园的修复工作完成之后，父亲向我们宣布，这三棵棕榈树就分别用我们三姐妹的名字来命名。他是私下宣布这一决定的，充满了父亲对子女的爱，要是公开发布这一声明的话，就会是一个带有墨西哥式浓重特权色彩的特别俗不可耐的举动了。过了一段时间之后，在一个星期天，他终于说服我们跟他去看看那个地方。到那里后，他让我们在高速路匝道的人行通道上站成一排，对我们说：看吧，孩子们，和我握手吧（每当我父亲激动的时候总喜欢让人跟他握手），你们三姐妹就在那里，英勇的棕榈树，站在高架道路下。

可是，棕榈树并没有三棵。最小的那一棵已经不在那里了。也许父亲一开始就是蒙我的，事实上捐款只够弄两棵树——父亲直到今天还信誓旦旦地说是三棵树，他记得非常清楚。或许是吧。如果父亲没有说谎，而我又给我的棕榈树消失了这一事实赋予某种象征意味的话，我不能不为自己的命运担心。如果我的棕榈树没有扎下根来，那么我也不会成为站在高架道路下的英勇公民了。或许我永远不会在墨西哥城扎根，这块铺着柏油的巨大空地，既可以说是这个国家多出来的部分，也可以说是这个国家所缺乏的部分。

劳拉·萨拉梅亚（1847—1899）

"人不可能两次踏进同一条柏油马路。"约瑟夫·布罗茨基在结束了一趟威尼斯之行后这么说。这座岛屿一定是具有发诅咒的魔力的：在一趟威尼斯之旅中，我那坚定的爱国主义，对墨西哥城人行道无条件的、根深蒂固的依附开始渐渐瓦解了。

我是以最廉价、最不具诗意的方式到达这座岛的：乘坐的是公交车，身体还有点不适。我从罗马广场的停

车场出来，过桥，然后径直往廉价旅店区走去——一个
空房间也没有了。我开始感觉到腹部剧痛。一个威尼斯
本地的前台很友善地给我建议——"威尼斯"和"友善"
能放在一起真是一个罕见的组合，最终我叩响了嘉诺撒
仁爱女修道院的大门。我花了一大笔欧元，租下一个看
似囚室的房间，把我的行李箱放在一个巨大的耶稣受难
像下方，洗了把脸，然后出门上街，想打打岔子，暂时
忘却一下疼痛。

迷失在威尼斯，多么陈词滥调的说法。我本可以摆
脱这一魔咒的，因为我的方向感还是很不错的。可是
那天我有点不对劲。等我回到修道院，已经是夜半时
分，那扇将修女们与繁华俗世相隔的木头大门已经关闭
了。也不能按个铃或是敲个钟什么的，向修女们声明我
已经订下了一个床位，而且还是花了好多钱的。不过，
我倒是情绪稳定地接受了我的失败。我想我可以坐在一
张长椅上读布罗茨基，一直读到入睡或是昏死过去。可
以肯定的是，我已经不可救药，我的命运就是死在这

座岛上。那会是一种突如其来的、胜利的威尼斯之死。此外，一切皆有联系：我随身带着的书正是布罗茨基《水印》的意大利文版，标题就是："不治之症的原则"（ *Fondamenta degli Incurabili* ）。

过去在很长一段时间里我都相信那种装腔作势的说法：文学是巨大的家园、没有边界的地域，可以给所有像我这样不知道在何处安放自己的人——或者换种说法：存在于世界之外的任何地方的人，波德莱尔在题为《世界之外的任何地方》的诗中写道："人生是一座医院，每一个病人都渴望着调换床位。"——提供栖身之所。不知是什么样的机制在我们的内心里起作用，让我们相信，某些比喻——有些人使用这些比喻时并不多做思考，只是为了说明一下他们的观点——是适用于我们自己的人生的，这对我来说是一个谜。至少是在我自己的人生中，离真理最远的莫过于那种把文学比作一个家园或固定住所的比喻了。在我看来，我们读过的书和我们写下的文本一样，都只不过类似于旅馆房间，我们在

半夜里筋疲力尽地抵达这些房间，到了第二天中午又被
赶出来——或者是相反的情况，中午抵达，半夜里被拒
之门外，就像这回我遭遇的事情。在一张长椅上读布罗
茨基一直读到死去，这样的想法很浪漫。然而，书是不
会给我们提供床垫或者喷热水的淋浴花洒的。没有疑虑
多久，我就做出决定，拨通了我在这座岛上唯一一个认
识的人的电话。

罗伦奇诺·里巴尔迪（1864—1899）

亚美利戈和我已经好多年没见面了。欢迎你来我家
住，他对我说，你只要往鱼尾巴的方向走[1]，找人问下卡
斯泰洛街在哪儿，我觉得你现在应该在鱼眼睛一带。你
有地图吗？有的，我说，打完电话后，我就开始像梦游

---

1 威尼斯城形似一条鱼。

症患者般在这座城市令人窒息的高墙间穿行，完全不知道自己在往哪个方向走。有那么一会儿，我只是跟在一对英国老夫妇后面走，他们对街边墙上的涂鸦吐槽不休，对于我来说，他们就是维吉尔[1]。

我彻底迷失了。我不得不在另一个公用电话上再次拨通亚美利戈的电话。你要是这会儿不来接我的话，我跟他说，我就要死在这里了；我在斯堪的纳维亚酒店外面。我的声音听上去应该特别糟糕，因为几分钟之后，arrivo subito[2]，亚美利戈就出现在一条巷子里了。

在去他家的路上，我问他有没有可能马上去看医生。你患了疑病症了，路易塞利，你看上去没那么糟，然后他又告诉我，在威尼斯，私人医生都是给不缺钱的观光客服务的，收费不菲，所以呢，等到明天，我们好好利用一下我的意大利护照，给我办一张威尼斯居住证。然后呢，我们就能办一张医疗卡，办完这个，我就

---

1 维吉尔（Publio Virgilio Marón，公元前70—前19），古罗马诗人。
2 意大利语，意为"我马上就来"。

可以去找斯特法诺大夫了，他是东南端片区（鱼尾部分）的医生。我试着向他解释，这些事情要拖上好几个月的；我还是坚持说，我的疼痛实在难以忍受，我快死掉了。可他就用了一句"不要放弃希望，路易塞利"，配上先知般的语调，加上我们正在威尼斯城中这一事实，就让我闭嘴了。

第二天，我在亚美利戈的陪同下去了民事登记处。没什么人，无须排队，十分钟过后我就领到了一个财税号。接下来，我们来到一间办公室，宣称我们是自由结合——意大利语是 coppia di fatto——这样我就得到了一个邮政地址。在这间办公室里也没什么人，只有三个女办事员——不过是三道黑影而已——都在看报纸。接待我们的那个女办事员先是祝贺我们的自由结合，然后在给两个还是三个文件敲过章后对我说: Adesso, sei veneziana[1]。我还没有完全消化掉这位友善的大妈说出的

---

[1] 意大利语，意为"现在，你就是威尼斯人了"。

这句话，我们就已经来到了卫生署，在那里办了一张医疗卡，用时两分钟。就这样，区区一两个钟头，我就加入了意大利财税系统，有了一个丈夫，得到了一个威尼斯的邮政地址，以及一个医生。总之，我成了一座每年走掉的居民比常住的居民多得多的城市的常住居民。不仅如此，我还亲眼看到了一座看不见的、可能濒临灭绝的城市：政府办公室的威尼斯，是空荡荡的、潮湿的、静默的。如果说还存在着一个可以让人忍受的威尼斯的话，那就是这个由天堂般的官僚机构组成的威尼斯。将近黄昏的时候，我终于一头倒在了斯特法诺大夫的手里，他用一粒黄色的小药丸治愈了我。

瓦莱里娅·路易塞利（1983—　）

有的作家，执笔如持剑，才思如刀锋，能创造城市，把握整整一个时代：切斯特顿和约翰逊[1]主宰了伦敦，卢梭和波德莱尔占有了巴黎，乔伊斯则拥有都柏林。有的作家则借力于孤寂之中的阅读，攻克了文学的领地、哲学的范式、不可能的空间：蒙田的塔楼、胡安娜·伊内斯·德拉克鲁兹修女[2]的小单间、夏多布里昂的墓。有的作家怀着园丁式的耐心，终其一生培育说妙语的艺术，并且看着它在自己脚下绽放出绚烂花朵——或许要等待很久，但结果一定是灿烂的：比如维特根斯坦，还有一个意大利姓的阿根廷人，我总是记不住他的名字。还有的作家致力于建造如迷宫或荒岛般的故事，他们还会亲自住进去，仿佛是他们自己编造的情节中的又一个人物——也许在那里徜徉着的有塞巴尔德、梅尔维尔、康拉德和笛福。还有些作家，全身心地投入到修剪自己

1　塞缪尔·约翰逊（Samuel Johnson，1709—1784），英国作家，创作过长诗《伦敦》。

2　胡安娜·伊内斯·德拉克鲁兹（Juana Inés de la Cruz，1648—1695），墨西哥殖民时期圣哲罗姆会修女，著有诗歌、戏剧、散文作品多部，影响深远。

语言的这一艰苦工作中去，最后在荒原上扎了根，浑身上下满是散发着诗的气味的腐殖土："一堆破烂的形象，承受着太阳的烧灼。"T. S. 艾略特在他的不毛之地上写道。我曾尝试过像上述作家中的某些人那么做，没有得出丝毫成果，却有幸成为世界上最具文学意味、在书上被提及最多的城市之一的居住者，而且并非拜哪支神笔所赐或是因为虔心供奉缪斯女神，更不是因为额头和袖口挥洒的辛勤汗水，而是因为一场可怕的——虽然很常见，却也因此显得低俗不堪——病症：好不崇高的细菌性膀胱炎。

如果我早早离去，就像华金·拉米雷斯那样，没有人会张罗着把我送回我"真正的祖国"，因为我还没有显露出一丁点身份危机的迹象，并且还继续被动地做着无神论者。我或许会接受一个虚假的永久居留者身份，留在"威尼斯共和国"，最后葬在圣米凯莱墓园的平民区，就在某一块离约瑟夫·布罗茨基不太远的空地上。一想到这些，我就欣慰多了。

文
景

社 科 新 知　文 艺 新 潮

Horizon

假证件

[墨西哥] 瓦莱里娅·路易塞利 著

张伟劼 译

出 品 人：姚映然
策划编辑：艾　毅
责任编辑：陈欢欢
装帧设计：高　熹

出　　　品：北京世纪文景文化传播有限责任公司
　　　　　　（北京朝阳区东土城路8号林达大厦A座4A　100013）
出版发行：上海人民出版社
印　　　刷：北京中科印刷有限公司
制　　　版：北京大观世纪文化传媒有限公司

开 本：787mm×1092mm　1/32
印 张：5.5　　字 数：66,000　　插页：2
2018年3月第1版　　2018年3月第1次印刷
定 价：32.00元
ISBN：978-7-208-14605-1/I·1639

图书在版编目（CIP）数据

假证件 /（墨）瓦莱里娅·路易塞利
（Valeria Luiselli）著；张伟劼译. —上海：上海人
民出版社，2017
　　ISBN 978-7-208-14605-1

　　I.① 假… II.① 瓦… ② 张… III.① 随笔-作品集
-墨西哥-现代 IV.① I731.65

中国版本图书馆CIP数据核字（2017）第166410号

本书如有印装错误，请致电本社更换　010-52187586